Der Korbwagen

Jupp Hammerschmidt

Der Korbwagen

und andere Geschichten aus der Eifel

GEV

www.gev.be
buchverlag@grenzecho.be

ISBN 978-3-86712-083-8
D/2013/3071/10

Satz: Grenz-Echo, Eupen

Printed in EU

Inhalt

Der Korbwagen

Moses ist ja bekanntlich in einem Körbchen im Nil ausgesetzt worden, steht so in der Bibel, und die Bibel war seit alters her der Leitfaden für das Leben in der Eifel.

Nun ist bei uns zwar nach meinem Kenntnisstand nie ein Baby in einem Körbchen ausgesetzt worden, schon gar nicht im Nil, nicht mal im Perlbach, aber immerhin: Wir zu Hause hatten, wie damals viele andere auch, einen Korbwagen, in dem alle siebzehn Kinder weite Strecken ihres ersten Lebensjahres verbracht haben. Von meinem ein Jahr älteren Bruder weiß ich es nicht aus eigener Anschauung, aber ich vertraue mal den Aussagen meiner Mutter. Foto-Dokumente von meinem Bruder und dem Korbwagen gibt es nicht, wie später von Papa und seinem Opel Rekord, da gibt es einige Foto-Dokumente. Meist stand er auf den Fotos lässig, eine Hand in der Tasche, neben dem chromblitzenden Rekord, Papa. Was für meinen Bruder mit zwei Monaten sicher ein bisschen schwierig geworden wäre, obwohl er schon mit vier Monaten laufen konnte, wurde mir immer erzählt, als Ansporn vermutlich, weil ich mit zwei Jahren immer noch nicht so richtig laufen konnte, zumindest nicht auf den Beinen, sonst schon, ich war nämlich dick und rund wie ein Ball. Dazu gibt es durchaus ein Foto-Dokument, da sitze ich als Zweijähriger neben meinem Bruder, der mir in seiner ganzen drahtigen Beweglichkeit einen Arm um den Schwabbelhals legt und mich sehr, sehr mitleidig anschaut und ein bisschen mitfühlend zugleich, das muss ich zugeben. Vielleicht auch, weil ich damals noch kein einziges Haar hatte, weder auf dem Kopf, noch irgendwo sonst. Heute finde ich, ich sah als frühes Kleinkind aus wie der späte Nikita

Chruschtschow – erinnert sich noch jemand an den? Das war der mit Kennedy und der Kubakrise 1962, der die berüchtigte Schweinebucht-Affäre zwischen den USA und Kuba 1961 vorangegangen war. Die Kubakrise wäre damals ums Haar in einen Weltkrieg der großen Atommächte gemündet, was wir in der Eifel allerdings erst 20 Jahre später mitgekriegt haben, da war die Aufregung natürlich längst auf Null abgeklungen. Kann durchaus Vorteile haben, so ein Leben in der Eifel. Den Chruschtschow kannte man auch von seiner Aktion, als er einmal als Redner in der UN-Vollversammlung einen Schuh auszog und damit auf dem Pult rumprügelte wie ein Derwisch. Das habe ich als Zweijähriger nicht geschafft, so stark konnte ich meinen Arm nicht bewegen – Kinderärzte sprechen hier von der Fettbremse. Auf besagtem Foto trägt mein Bruder übrigens Kniestrümpfe mit kurzer Hose, ich aber lange, dunkle Wollstrümpfe, ebenfalls mit einer kurzen Hose drüber, die wohl dazu diente, die Strumpfhalter zu verbergen, Strumpfhosen gab es ja noch nicht. Lange Strümpfe unter kurzer Hose, ein überaus schickes Outfit, das meine Gesamterscheinung im wahrsten Sinne des Wortes voll abrundete.

An meine eigene Karriere in unserem Korbwagen erinnere ich mich nur noch verschwommen, ich werde aber wohl drin gesessen haben. Wenn mein Bruder, dann auch ich, wobei ich mich später oft gefragt habe, wie das Teil mich getragen, präziser gesagt „ertragen" haben soll ohne totalen Zusammenbruch. Ich habe als Heranwachsender am Boden mehrere vakante Schraubenlöcher entdeckt, es ist wohl nicht ganz auszuschließen, dass Papa extra für mich unten eine Stahlplatte hatte montieren lassen. Der Dienstwagen von Adenauer war ja auch gepanzert, hieß es, und Papa hätte auf jeden Fall jemanden an der Hand gehabt, der dem Korbwagen einen doppelten Boden hätte verpassen können, nämlich seinen trinkfesten Freund Klaare Jööv, zugleich Bürgermeister, Betreiber einer Schweißerei mit Traktorverkauf und nicht zuletzt Mercedes-Diesel-Besitzer auf Heizölbasis. Mit diesem edlen Schlitten transportierte er zwei bis drei Mal pro Jahr kistenweise „Piesporter Goldtröpfchen, Spätlese" und „Kröver Nacktarsch" von der Mosel zu uns in die Eifel. Unser Vater nahm auch immer ein paar Kartons ab. Hauptsache, die Plörre war zuckersüß, das galt damals als die Spitze des feinen Geschmacks. Der wahre Kenner trank süß, notfalls noch ein paar Zuckerklümpchen rein, zum Veredeln. Ich habe als Kind mal an einem halb voll übrig gebliebenen Glas genippt, einer sogenannten „Tröse", und die lauwarme, süße Brühe sofort wieder zurückgespuckt. Original wie Zuckerwasser! Bääääh! Ich verstehe bis heute nicht, wie das Zeug denen geschmeckt haben kann. Da hätten sie auch gleich Himbeersaft trinken können, dafür hätte Klaare Jööv nicht ein einziges Mal an die Mosel fahren müssen. Himbeersaft gab's nämlich im Konsum, und mit einer Flasche und fünf Eimern Wasser wäre man auf die gleiche Menge gekommen wie mit fünfzig Flaschen „Piesporter Goldtröpfchen, Spätlese". Erwachsene, ein ewiges Rätsel! Meine fünfzehn Schwestern sind hundertprozentig alle in unserem Korbwagen gefahren worden, das kann ich persönlich bezeugen, ich war ja der Zweitälteste und hatte, je älter ich wurde, um so öfter die Aufgabe, die jeweils Kleinste in der Wohnküche ruhig zu stellen. Ab der fünften Schwester konnte man mich ohne weiteres einen routinierten Ruhigsteller nennen. Ich legte die rechte Hand oben auf den hölzernen Schiebegriff, der zwei Chromstangen verband, die in elegantem Parallelschwung nach unten zum Fahrgestell führten und ließ das ganze Gefährt sodann in seiner achsenbefestigten Lederriemen-Federung leicht vibrieren. Dazu brauchte man schon ein feines Händchen. Den Vorgang nannte man übrigens „Schockeln", kommt wohl von „Schaukeln", aber da wären Sie vermutlich auch selber drauf gekommen, ist ja kein großes Kunststück. Warum? Weil die Eifeler Sprache letzten Endes nun mal so überaus stringent und logisch durchkonstruiert ist, genau!

Und wenn der kleine Schreihals, den Begriff „Schwester" verwandte ich in solchen Momenten ungern, trotzdem partout nicht aufhören wollte zu schreien, erhöhte ich den Schockel-Druck und auch die Frequenz. Der Korbwagen konnte dann schnell zum Trampolin werden. Nicht für mich, Sie verstehen schon. Eine solche Druck- und Frequenz-Erhöhung praktizierte ich vor allem dann, wenn ich absolut gar keine Lust aufs Schockeln hatte, weil draußen meine Freunde längst beim Fußballspielen waren. Einmal habe ich, Stichwort „Trampolin", den Korbwagen dermaßen extrem zum Schockeln gebracht, dass unser Nesthäkchen sich bei jedem Wipp-Aufschwung vom Wagenboden löste und beträchtlich an Höhe gewann, um dann wieder nach unten zu plumpsen. Das machte uns beiden gleichermaßen Spaß, das Baby geriet regelrecht ins Juchzen. Meine enorme Körperbeherrschung, die Rede ist hier von meiner Zeit nach der frühen Fettberg-Phase meines Lebens, die endete etwa mit meinem dritten Geburtstag, ab da war ich nur noch ganz normal dick ... was ich sagen wollte: Meine Körperbeherrschung hatte das Baby leider nicht geerbt, so dass es schließlich nach einem technisch extrem misslungenen Überschlag neben dem Korbwagen auf dem Linoleum landete, Gott sei Dank zuerst auf dem dick gepolsterten Windelpo,

und dann erst auf dem Hinterkopf. Wenigstens wusste ich anschließend, aus welchem Grunde der kleine Quälgeist ums Verrecken nicht aufhören wollte zu schreien.

Später ist übrigens genau diese meine kleine Schwester eine exzellente Boden-Turnerin geworden. Früh übt sich! Da erkennt man es wieder mal ganz eindeutig: Man kann einfach nicht früh genug mit dem Training anfangen. Bedankt hat sie sich aber nie bei mir. Typisch Schwester!

Nebenbei: Sehr beliebt war am Korbwagen als Variante auch das „Fußschockeln". Man setzte sich auf einen Stuhl dicht beim Gefährt, stellte einen Fuß unten aufs ledergefederte Fahrgestell und wippte dieses locker aus dem Fußgelenk heraus. Man hätte theoretisch auch eins der vier Räder per Fußsohle hin und her drehen können, ging aber nicht, weil unser Korbwagen über verchromte Schutzbleche verfügte. Chrom war damals an allen möglichen Gerätschaften des Alltags das Nonplusultra. Am Herd, am Opel Rekord – und eben auch am Korbwagen, der so gesehen eine regelrechte Luxuskarosse darstellte, was man damals aber nicht so empfand, weil jeder so ein Ding hatte. Jeder hatte einen verchromten Herd, jeder hatte ein verchromtes Auto – und jeder hatte eben auch so einen chromglänzenden Korbwagen, gar nichts Besonderes. Man merkt ja immer erst, in welchem Luxus man gelebt hat, wenn es ihn nicht mehr gibt, den Luxus. Da hilft dann auch kein Jammern und kein Klagen, man muss der Realität tapfer ins Auge blicken, „ett öss nu enns verbeij! Vörr ömmer! Doh maachs du nüühß!" Das Leben kann grausam sein, sogar in der Eifel.

Das „Fußschockeln" hatte den großen Vorteil, dass man dabei beide Hände frei behielt und gleichzeitig das Tchibo-

Heftchen lesen konnte oder sonst was tun, wofür man beide Hände brauchte, und was im Sitzen zu erledigen war.

Ansonsten war der Korbwagen ein recht klobiges Gerät, sehr gedrungen, lag ziemlich tief, wie später der Opel Manta. Die Räder am Korbwagen waren allerdings relativ klein, ganz anders als beim Manta, und durch das kurvig geschwungene, fette Korb-Design wirkte der Kinderwagen sozusagen üppig breit in den Hüften. Von hinten erinnerte mich unser Korbwagen immer stark an Tant Hedwig oder auch an das Pferd vom Sankt Martin, zwischen den beiden bestand ja, von hinten gesehen, rein visuell so gut wie kein Unterschied.

Von innen war das ganze Teil mit Wachstuch ausgeschlagen, im Grundton hell, mit Blümchen drauf. Das war sehr praktisch, vor allem, wenn unsere Kleine, wie Mama so gerührt zu sagen pflegte, mal wieder „gekötzelt" hatte. „Hat ett Kleine widder jekötzelt? Hier, haste nen feuchten Lappen!" An sich wäre das Gekötzelte auf der Musterung des Wachstuchs gar nicht groß aufgefallen, visuell, es war der Geruch, der es so markant machte. Ich habe mich immer gefragt, wie aus einem so winzigen Wesen und einem so niedlichen Mündchen ein dermaßen barbarischer Gestank herauskommen kann. Wenn man Glück hatte, hatte die Kleine nur Spucke abgesondert, das passierte vor allem in der Phase des Zahnens. „Och, kickens, ett hat jeseevert! Hier, haste nen feuchten Lappen!" „Seevern" – na? Richtig: „Sabbern"! Passt grundsätzlich bei allen zahnlosen Mündern, an beiden Enden der Altersskala.

Vorne, also an der Schiebegriffseite, hatte unser Korbwagen noch so eine Art Kofferraum, na ja – Koffer ist leicht übertrieben, es war eher so ein bauchig ausgewölbtes Fach mit Korbdeckel. Passte nicht viel rein, aber das kannte man ja schon zur Genüge vom VW Käfer, da passte ja auch nix rein in den Kofferraum. Für ein Fläschchen und ein zusammengeknüddeltes „Sanitastuch" reichte es aber, das Fach an unserem geflochtenen Baby-Transporter.

Und an warmen Tagen konnte man das ganze Verdeck an unserem Korbwagen nach hinten wegklappen. Anders als beim Faltenverdeck am VW Käfer Cabrio verschwand die steife Korbmütze komplett und bildete sozusagen ein zweites Hinterteil, das hatte nicht mal Tant Hedwig, und auch das Pferd vom Sankt Martin nicht. War eben nicht nur Luxus pur, nein, auch noch ein technisches Wunderwerk, unser Korbwagen.

Schade, dass man bei VW nie auf die Idee gekommen ist, einen Korb-Käfer zu bauen, in der Eifel wäre der garantiert ein Renner geworden. Ich hatte das damals schon im Kopf bewegt und wollte das den VW-Heinis auch vorschlagen, wusste aber nicht, an wen ich mich wenden sollte. Aber die hätten eh nicht darauf reagiert, da war ich ganz sicher, und wenn doch, hätte ich vermutlich nen Korb gekriegt.

Das Beikleid

Lange, bevor dem ersten Menschen ein „Bypass" gelegt wurde, gab es in der Eifel schon das „Beikleid".

Das kam beim Kommunionsfest zum Einsatz. Die Jungs hatten einen schwarzen oder dunkelblauen „Kommelionsanzug", weißes Hemd, silberne Krawatte, schwarze Halbschuhe. Diese Kombination trug das männliche Kommunionskind sowohl am Tag der Erstkommunion selbst, also am Weißen Sonntag, genau eine Woche nach Ostersonntag, als auch am Montag unmittelbar nach dem Weißen Sonntag, da wurde ja auch noch gefeiert. Kirmes ging über drei Tage, das Kommunionsfest über zwei. Das Kommunionsfest war also vom Feiergewicht her zwei Drittel Kirmes. Und die männlichen Kommunionskinder trugen an ihrem dunklen Anzug das „Kommelionssträußjen", und zwar wurde das hässliche grüne Plastikteil, das wohl so was wie einen Tannenzweig darstellen sollte, oder das Blattwerk einer Blume, verziert mit einigen weißen Perlen-Imitaten, durch das Knopfloch links am Revers der Jacke gefriemelt. Wozu die Anzugjacken für Erwachsene da oben auch so ein Knopfloch haben, links wie rechts, das meist sinnigerweise auch noch zugenäht ist, habe ich bis heute nicht verstanden. Es muss wohl mal eine Zeit gegeben haben, da befestigte man die goldene Kette der Taschenuhr an dem linken Revers-Knopfloch, und die Uhr ließ man dann in die Brusttasche gleiten. Heute kommt das Stecktuch in die Brusttasche. Wenn man denn ein Stecktuch hat. Aber das Stecktuch hat ja keine Kette, braucht also auch kein Knopfloch. So ein Stecktuch heißt im Eifeler Platt übrigens „Strongs-Höddelsche", und das trifft es ja auch hundertprozentig.

Die Kommunions-Mädchen hatten für den Weißen Sonntag ein weißes „Kommelionskleid" und ein plastikenes, im Grundton ebenfalls weißes Blumenkränzchen für um in die Haare zu drapieren, dazu weiße Kniestrümpfe und weiße Schuhe.

Aber jetzt kommt's: Für den zweiten Tag, also den Kommunions-Montag, hatte jedes Mädchen noch ein zweites Kommelionskleid, meist in einem zarten Rosa gehalten oder auch in einem pastellenen Blau, wenn ich mich recht erinnere. Und das war eben das „Beikleid". Kränzchen, Kniestrümpfe und Schuhe blieben. Wenn die Eltern es sich leisten konnten, gab es vielleicht auch ein zweites Paar Schuhe in der Farbe des Beikleides, musste aber nicht sein, und die hießen dann auch nicht „Beischuhe". Aber das „Bei-Kleid" war ein Muss! Eine eindeutige Bevorzugung der Mädchen, die ich in hohem Maße ungerecht fand. Und deshalb hatte ich mir überlegt, beim gemeinsamen Gang der Kommunionskinder zum Altar meine Kerze versehentlich in eine Schieflage zu bringen, um so möglichst vielen Mädchen ihre blütenweißen Kleider mit Wachs zu beträufeln, was mir dann auch tatsächlich gelang. Ja, ich weiß, das hatte einen ziemlich schäbigen Beigeschmack, nahm ich aber in Kauf, so hatte ich wenigstens auch was mit „Bei", statt Bei-Kleid einen Bei-Geschmack sozusagen, einen fiesen noch dazu, „besser äss nüühß!" Waren wir quitt! Ich war immer schon ein militanter Vorkämpfer für die Emanzipation!

Brennende Kerzen in der Kirche waren ja grundsätzlich ein sehr belebendes Element. Extrem spannend fand ich die Versuche unseres Küsters, die Altarkerzen anzuzünden. Der erschien etwa zehn Minuten vor Messebeginn mit so einer langen Holzstange, an deren Spitze ein etwa zehn Zentimeter langer Docht befestigt war und auf der anderen Seite ein

metallenes, trichterförmiges Lösch-Mützchen, das er nach der Messe von oben auf die Flamme stülpte – zum Zwecke des Erstickens derselben. Ich blieb oft nach dem Ausmarsch von Pastor und Messdienern in die Sakristei extra noch ein paar Minuten knien, ich war nämlich regelrecht süchtig nach dem Geruch, der unter dem Löschhütchen hervorkam und sich in Sekundenschnelle in der ganzen Kirche ausbreitete.

Das Spektakulärste geschah aber vor der Messe, nicht immer, aber manchmal, dafür lohnte es sich, früher in die Kirche zu kommen. Wenn nämlich der Küster mit seinem raffinierten Brennstab erschien, und kurz nach dem Anzünden plötzlich nicht nur die Dochtspitze oberhalb des Löschmützchens brannte, sondern die gesamten zehn Zentimeter Docht in einer regelrechten Stichflamme aufloderten, und zwar mit stark fallender Tendenz. Das sah dann aus, als hinge am oberen Stab-Ende eine sich im Schmerz heftig windende, lichterloh brennende, nach unten züngelnde Höllenschlange, die zudem statt kürzer und kleiner ständig länger und breiter wurde und den Küster in helle Panik versetzte, weil er sie nicht mehr unter Kontrolle kriegte. Der arme Kerl versuchte dann, möglichst schnell mit dem brennenden Ungetüm die Sakristei zu erreichen, was aber so schnell nicht möglich war, denn er musste sich ja, sobald er die Mitte des Altars erreicht hatte, noch mal umdrehen, um den vorgeschriebenen Knicks vor dem Herrn zu machen, inklusive Bekreuzigung. Wenn es nicht so ernste und würdeverlangende Umstände gewesen wären, hätte man sagen können: Zirkusreif! Einmal hatte sich das lodernde Docht-Ungeheuer tatsächlich ganz gelöst und war auf die Altar-Deko gefallen. Mit Hilfe eines stehen geblieben Kännchens Messwein konnte der Küster den drohenden Altar-Brand so gerade noch im Keime ersticken,

„Gott sei Dank!" Selten haben diese drei Worte so gepasst! Mir war schon der Gedanke durch den Kopf geschossen, das Weihwasserbecken aus der Wand zu reißen und damit zum Brandherd zu stürzen, natürlich nicht ohne vorherigen Knicks und Bekreuzigung. War aber ja dann nicht nötig, Gott sei Dank! Ich hätte das schwere Steinbecken vermutlich auch gar nicht aus der Wand gerissen bekommen, und wenn doch, wäre es zu schwer gewesen und mir prompt auf die Füße gefallen. Anschließend hätte ich dann zu „Foote Paul" gemusst, dem Dorfheiler für Knochen, Gelenke und Verspannungen. Diese Konsequenzen hatte der Schöpfer natürlich vorhergesehen und durch des Küsters Messwein-Trick von mir ferngehalten, was ich damals im ersten Flammen-Schock gar nicht so recht durchschaute. Aber wie sagt der Eifeler: „Ett hatt noch enns jott jejange!" Gott sei Dank!

Die Vorbereitung so eines Kommunionsfestes hatte es ja übrigens in sich, es würde schließlich die gesamte Verwandtschaft erscheinen oder doch zumindest große Teile davon, und das konnte sich in so einer typischen Eifelfamilie durchaus auf siebzig, achtzig Personen hochschaukeln, im Einzelfall auch mal auf bis zu hundertzwanzig, das hing davon ab, wie viele Kinder der Sippschaft im betreffenden Jahr kommunionsfesttechnisch an der Reihe waren, da musste sich die Verwandtschaft dann aufteilen, deshalb waren es eben auch schon mal nur siebzig oder achtzig.

Dennoch reichte das Wohnzimmer logischerweise bei weitem nicht aus, also wurde auch das Elternschlafzimmer leer geräumt, und wenn der Flur eine gewisse Größe hatte, wurde der auch noch genutzt. Bei denjenigen Nachbarn, die kein Kommunionsfest hatten, weil die Kinder schon aus dem Alter rausgewachsen waren oder es noch nicht erreicht hatten, wurden Tische und Stühle ausgeliehen, und mindestens eine Woche lang wurde das Essen vorbereitet. Was nur eben ging, wurde vorgekocht und vorgebraten. Die Ober-Regie hatte natürlich Mama, aber die erwachsenen Töchter ihrer Schwestern, also unsere großen Kusinen, kamen ebenfalls zum Einsatz, wenn sie nicht selber jüngere Kommunions-Geschwister hatten oder in anderen Verwandtschaftsküchen zu Diensten waren. Das waren die sogenannten „Bei-Köchinnen", schon wieder ein Bei-Wort.

Die Woche vor dem Fest war geprägt von purer Hektik, reiner Panik und schierer Angst, ob auch alles noch rechtzeitig klappen würde, schließlich hatte man gerade erst Ostern hinter sich gebracht mit dem ganzen Klimbim wie Osterbraten, Eier kochen, Eier anmalen, Eier ausblasen und so weiter und so fort. Ein Zuckerschlecken war das alles nicht, im Gegenteil, es war eine Woche des wahrhaftigen Leidens, ein „Herzliches Bei-Leid!" wäre insofern durchaus angemessen gewesen seitens der Unbeteiligten, die nichts vorzubereiten hatten, seitens derjenigen Kinder zum Beispiel, die den Zirkus schon ein oder zwei Jahre hinter sich hatten. Aber in der Regel mündete die Sache dann zum guten Schluss ja trotz allem doch noch in ein rundum gelungenes Fest, und die Hauptsache war ja sowieso, das „Kommelionskind" war happy. Die neue, goldene Junghans-Armbanduhr von Patentante oder Patenonkel, Jott oder Patt, löste zwar nicht gerade Jubelstürme aus beim beschenkten Kind, das Uhrengeschenk war sozusagen die Pflicht, alles andere als eine Überraschung, Kommelions-Routine, aber die Kür konnte dann schon entzücken, und die Kür waren die diversen Kuverts mit Geldscheinen, da konnte je nach Familie aus der Sicht eines traditionell auch finanziell stark zurückgeblieben Eifel-Kindes schon einiges zusammenkommen. Und für die Tanten und Onkels war es hauptsächlich ein Fress- und Sauffest, zudem qualmten die Männer bei ihren Skatrunden zwischen den Fressgängen dermaßen, dass es in den Festräumen schon nach zwanzig Minuten aussah wie beim „Internationalen Frühschoppen mit Werner Höfer und sechs Journalisten aus acht Ländern" – Motto: Sie sehen, dass Sie nichts sehen! Als wären Helmut Schmidt und seine sechs Zwillingsbrüder eingeladen gewesen, aber der wohnte ja bekanntlich nicht in der Eifel, sondern in Hamburg, was für den Helmut und seine künftige Karriere als „Schmidt-Schnauze" und vor allem als „Deichgraf" auch viel besser war, denn in der Eifel sind Flut-Katastrophen ja eher selten.

Und es wurden Gerichte kredenzt, die viele noch nie in ihrem Leben zu Gesicht bekommen hatten, auf meinem Kommunionsfest zum Beispiel gab es „Rouladen", für die Eifeler damals ein absolutes Novum, ich weiß auch nicht, wo Mama diese Idee her hatte. Wegen der äußeren Ähnlichkeit so einer eingeschnürten Roulade mit einer Speckschwarte waren die meisten mehr als skeptisch und gingen davon aus, dass das Zeug ungenießbar sei. Nach den ersten Beißversuchen machte die Skepsis aber einer ausgelassenen, geradezu frenetischen Begeisterung Platz, Onkel Erich konnte den Hals gar nicht voll kriegen, ein ums andere Mal rief er quer über den Tisch: „Jävv mrr noch enns eehn va dänne Schwaahrde!" und die gesamte Festtagsgesellschaft brach in beifallstrunkenes Gelächter aus. Noch heute erschallt bei uns in der Familie, sobald es irgendwo Rouladen gibt, spontan das inzwischen geflügelte Wort: „Jävv mrr noch enns eehn va dänne Schwaahrde!", und die Stimmung ist gerettet.

So ein Kommunionsfest war schon ein einschneidendes Ereignis im Leben eines Eifelers, im Leben des betroffenen Kommunionskindes natürlich an erster Stelle. Insbesondere mit all den verschiedenen „Bei's": Bei-Kleid, Bei-Köchin, Bei-Leid – hatte schon was, aber irgendwann geht leider auch das allerschönste Fest ... richtig: Vor-bei!

Die Weihnachtskrippe

Heute ist Hai-Täck ja längst auch in der Eifel angekommen, die Hochdeutschen schreiben es „High-Tech", sprechen es aber genauso aus wie wir und meinen auch genau das Gleiche, die Welt ist verrückt!

Aber es gibt in unserer Heimat immer auch noch Inseln der handgemachten Glückseligkeit, wie zum Beispiel den „singenden Hirten aus Höfen", der wochenlang meterhohe, abgeholzte Fichten in die Dorfkirche schleppt, um sie dort zu einem eindrucksvollen Natur-Wald zusammenzustellen, ausgestopfte Tiere bevölkern das Biotop, Bussarde sitzen in den Zweigen, Wildschweine, Schafe, Füchse und anderes Getier finden Parterre im Unterholz ihren Platz, und mitten drin sitzt in unermüdlichem Einsatz vom ersten Advent bis Ende Januar Tag für Tag von morgens bis abends der singende Hirte aus Höfen, in einem urtümlichen Gewand aus Fellen, dazu ein Schäferhut aus frei wachsendem Filz und ein Rauschebart, gegen den Karl Marx wie glatt rasiert wirkt, eine so beeindruckende Erscheinung, dass die Hirten aus Bethlehem Jahr für Jahr aus dem Staunen gar nicht mehr herauskommen. Würden! Wenn sie den langen Weg von Bethlehem nach Höfen auf sich nähmen, aber die Hirten aus Bethlehem sind ja auch nicht mehr die allerjüngsten, es gibt allerdings inzwischen schon einzelne Historiker, die felsenfest davon überzeugt sind, dass Jesus gar nicht im Stall von Bethlehem geboren wurde, sondern in der Krippe in Höfen. Für diese These spricht, dass von einem „singenden Hirten aus Bethlehem" in der Bibel nirgends die Rede ist, von einem singenden Hirten aus Höfen zwar auch nicht, dafür stehen aber von dem heute die Zeitungen voll, und der Hirte aus Höfen gibt zwar vor, in Deutsch zu singen, für den Zuhörer ist das aber auf Anhieb kaum zu erkennen, seine Sprache klingt eher wie ein zweitausend Jahre alter Dialekt aus der Gegend längs des Jordans, ist aber in Wirklichkeit die berühmte Höfener „Triftstraßensprache", diese gequetschte, ganz hinten im Rachen erzeugte und bei fast geschlossenen Lippen halb gekrächzte, halb genuschelte Sprechweise, die außer dem singenden Hirten aus Höfen und Til Schweiger heute wohl niemand mehr in dieser Perfektion beherrscht. In meiner Kindheit gab es den singenden Hirten aus Höfen in der heutigen Vollendung noch nicht, er war damals ja selbst noch ein Kind oder im äußersten Fall ein Heranwachsender.

In dieser Zeit faszinierte mich aber eine andere Krippe schon fast genauso sehr, und zwar die kleine Krippe, die Papa Jahr für Jahr unter unserem Weihnachtsbaum im Wohnzimmer installierte, er hatte sie selbst aus ein paar Brettern und Ästen zusammengenagelt. Sie hatte etwas sehr Rustikales, wie es sich gehört, der Stall von Bethlehem war schließlich seinerzeit auch kein Plattenbau gewesen, das Dach hatte Papa kunstvoll mit Strohpuppen bestückt, ich meine jetzt nicht die Getreidepuppen auf dem Feld, nein, ich meine die Strohhüllen „für um die Weinflaschen zu schützen", wie wir in der Eifel sagen, die nannte man auch „Strohpuppen", die sollten den Wein, wie gesagt, schützen, vor Bruch und vor dem eisigen Eifel-Frost. Bei den leer getrunkenen Flaschen entfiel logischerweise das Schutzbedürfnis, es war ja nix mehr drin zum Schützen, und die dann übrig bleibenden Strohpuppen waren frei für um das Krippendach zu decken, die passten in der Länge nämlich haargenau, und schon hatten wir ein echtes Strohdachhaus als Krippe, wie es auch draußen im Dorf noch einige in groß und in echt gab und auch heute noch einige gibt. Strohdachhäuser. Zehn Strohpuppen ungefähr brauchte Papa, um das Krippendach zu decken, so machte die ewige Wein-Süppelei der Erwachsenen dann irgendwo auch aus meiner Sicht tatsächlich um ein paar Ecken noch einen Sinn. Und oben auf die Strohpuppen drauf hatte Papa noch kunstvoll ein bisschen Moos drapiert, echtes Moos, das er im Sommerwald vorausschauend eingesammelt hatte, sah echt aus wie das Strohdach auf dem Haus von Onkel Hans, wie von Wind, Regen, Schnee und Sonne gezeichnet und eben mit Moos bewachsen. Toll! Hinten raus war unsere Krippe offen, da hatte Papa gut durchgeknuddeltes Felspapier so befestigt, dass es aussah, als wäre unsere Krippe direkt in eine zerklüftete Felswand geschlagen worden, Natur pur! Felspapier war überhaupt ein Wunderding, Felspapier konnte man mühsam mit weißem Papier und Wasserfarbe selbst produzieren, lohnte sich aber eigentlich nicht, denn Felspapier gab es im Schreibwarengeschäft auch für ein paar Pfennige den Bogen zu kaufen, wurde zum Beispiel auch sehr gern genommen, um bei der Modelleisenbahn einen Schuhkarton zum Eisenbahntunnel durch den Brenner aufzumotzen, „aufzupimpen", wie man heute sagt.

Und der Obergag an unserer Krippe war ein loderndes Feuer unweit des Jesukindchens, damit es nicht allzu sehr frieren musste. Wir hatten ja zwar einen Ofen im Wohnzimmer, aber die damals im Stall von Bethlehem hatten garantiert keinen, und Zentralheizung schon mal gar nicht, und deshalb brauchte es ein loderndes Feuer mitten im Stall. Logisch!

Das lodernde Feuer in unserem Mini-Stall von Bethlehem war wirklich ein Highlight deutscher Nachkriegskrippentechnologie. Papa hatte so ein kleines Birnchen, wie man es aus der Taschenlampe, dem Fahrrad oder der Martinsfackel kennt, an zwei Drähte montiert, und die dann zur Seite geführt bis zu einer dieser klobigen, viereckigen Batterien, die er geschickt hinter Ochs und Esel unter ein wenig Stroh versteckt hatte, und dann, jetzt kommt der Clou, einen kleinen Fetzen rotes Krepp-Papier über das Birnchen gelegt, und da drüber ein paar streichholzgroße, winzige Holzsplitter, die er vorher mit dem Feuerzeug angekokelt hatte. Origineller hätte niemand ein brennendes Holzfeuer imitieren können, ich bin sicher, wenn es einen Nobelpreis für Krippenfeuer-Kreativität gäbe, unser Vater hätte ihn mehr als verdient gehabt, gar keine Frage!

Ich konnte als Kind jedenfalls stundenlang vor dieser Krippe hocken, dabei hatte ich meinen Papp-Weihnachtsteller vor mir auf dem Boden stehen, mit dem innen auf den Rand aufgeklebten Silbergegrissels, so einer war das noch, und das Silbergegrissels offenbarte sich praktisch sekündlich deutlicher in seiner ganzen Pracht, weil ich parallel zu meiner Begeisterung für unsere Krippe, speziell das lodernde Holzfeuerchen, genau die Plätzchen und Printen, die das Silbergegrissels zunächst verdeckt hatten, nach und nach in mir verschwinden ließ, und das Silbergerissels wurde nun genau in dem Maße freigelegt, in dem sich der Magen füllte und entwickelte nach und nach seine ganze glitzernde und funkelnde Strahlkraft, die zudem im Schein des Krippenfeuerchens auch noch einen magischen rötlichen Schimmer annahm. Weihnachten at its best! At its Allerbest!

Eine große Krippe in der Kirche hatten wir auch schon, wenn auch keine mit richtigen Tannenbäumen und ausgestopften Tieren. DIE Attraktion damals für mich an der Kirchenkrippe war der „Nick-Neger", so ein kleiner Neger mit einem Geld-Einwurfschlitz, dahinter zwei dicke, rote Kerzen mit kräftig lodernden Flammen, das Ganze war also praktisch so was wie eine rassistische Parkuhr mit Illuminations-Hintergrund. Sobald jemand ein Geldstück in den Schlitz warf, nickte der Neger bestimmt so an die zwanzig Sekunden lang, mit abnehmender Nick-Amplitude. Später habe ich beim Parken meines Autos oft gedacht: Die Parkuhr könnte ja nach dem Geldeinwerfen wenigstens auch zwanzig Sekunden lang nicken, aber Dankbarkeit liegt heute einfach nicht mehr im Trend, „tempi passati", wie der Lateiner sagt, oder wie sang schon der Pianist in „Casablanca" neben Humphrey Bogart: „As time goes by!", besser hätte ich es als Eifeler auch nicht ausdrücken können. Doch! Hätte ich doch: „Wie de Zick verjeeeht!"

Ich habe mich oft in die Bank neben der Krippe gekniet und so getan, als ob ich bete, in Wirklichkeit wartete ich aber nur darauf, dass jemand kam, um eine Münze in den Nick-Neger-Schlitz zu werfen. Ich selbst habe da nie ein Geldstück rein geworfen, das war es mir dann doch nicht wert, zumal ich zu Hause mit meiner kleinen Schwester Nick-Neger spielen konnte, ich hatte das mit ihr so eingeübt, dass sie sich hin kniete, dann hatte ich mir extra eine Pappschachtel mit Schlitz gebastelt, die sie mit beiden Händen umfasst hielt, und sobald ich da ein Geldstück rein warf, nickte sie, und wir hatten beide einen Mordsspaß, das Geld konnte ich ja hinterher leicht wieder aus meiner Pappschachtel rausnehmen, risikofeste Sparanlage, jedenfalls besser verzinst als heute auf dem Sparbuch. Meine ursprüngliche Idee, meiner Schwester vorher das Gesicht mit schwarzer Schuhcreme einzuschmieren, habe ich dann doch nicht umgesetzt, zumal ich Heiligabend schon mal im Keller verbracht hatte, nachdem ich der Kleinen je eine Wunderkerze an die Ohren gehängt hatte. Bevor ich die Streichhölzer gefunden hatte, kam Papa mir aber dazwischen und hat mir eine geschallert, dass ich die Glocken noch im Keller mindestens eine Stunde lang gehört habe, so lange hatten sie noch nie geläutet, schöne Bescherung!

Luftschlangen

Heute muss ja alles immer gleich mit einem Riesen-Spektakel gefeiert werden, auch in der Eifel, Karneval zum Beispiel. Einen Karnevalsverein gab es früher bei uns im Dorf überhaupt nicht, von einem Rosenmontagszug ganz zu schweigen.

Die Jungs verkleideten sich an Karneval grundsätzlich als Cowboy oder Indianer, Mama nähte uns ein paar Fransen an die Hose, das sah schon mal ganz gut aus, den Gürtel raus aus den Schlaufen und so ein bisschen schräg über die Hüfte fallen lassen – perfekt. Dann hielt die Hose zwar nicht mehr, aber man kann eben nicht alles haben, außerdem: Richtige Indianer im Wilden Westen hatten ja auch keine Hosen, das wussten wir aus dem Fernsehen, „Rauchende Colts", „Am Fuß der blauen Berge" oder „Union Pacific", da konnten wir das haargenau beobachten.

Pistolen hatten an Karneval nur die allerwenigsten, die waren einfach zu teuer, aber Knallblättchenröllchen hatten wir schon. Die gehörten ja eigentlich in die Pistole, wir legten sie auf einen Stein und hauten mit einem anderen, möglichst spitzen Stein da drauf, dann knallte es auch, das funktionierte nach dem zentralen Lebensprinzip in der Eifel: „Mrr moss sich ze helepe wösse!"

Luftschlangen hatten wir auch, und ich erinnere mich, dass wir Kinder stundenlang an der Hauptstraße standen, immer paarweise, einer auf der rechten, der andere auf der linken Straßenseite, und jeder hielt das Ende einer Luftschlange in der Hand, und sobald ein Auto kam, zogen wir den Papierstreifen stramm und hatten ein höllisches Vergnügen, wenn das Auto die Luftschlange mitnahm. Meist blieb sie an der Antenne hängen, die damals noch vorne rechts vor der Windschutzscheibe ungefähr anderthalb Meter in die Luft ragte, konnte man im Teleskopverfahren bis auf fünfzehn Zentimeter zusammen schieben oder eben auch ganz ausziehen, wenn man Radio hören wollte, vorausgesetzt, man hatte überhaupt ein Autoradio. Der Empfang war aber meist dermaßen miserabel, dass man bestenfalls ein Rauschen, Krächzen und Knattern vernahm, aber eine voll ausgefahrene Antenne war einfach ein Status-Symbol, man sah sofort: Da war einer unterwegs, der an der Spitze des Fortschritts fuhr.

Manchmal durchtrennte die Antenne auch die Luftschlange, das war dann eine große Enttäuschung. Es kam darauf an, den dünnen Papierstreifen so stark zu spannen, dass er die nötige Höhe hatte, aber eben genau im richtigen Moment, sprich bei der ersten Antennenberührung, an beiden Seiten synchron loszulassen. Gar nicht so einfach, den Wind musste man ja auch noch mit einkalkulieren, und so viele Versuche hatte man nicht. Wenn damals ein Auto pro Stunde bei uns durchs Dorf kam, dann war das schon so was wie ungewöhnlich reger Durchgangsverkehr, aber trotzdem: Nach zwei Karnevalstagen an der Straße, täglich mindestens acht Stunden, abzüglich Mittagessen, hatte man schon so ein gewisses Feingefühl entwickelt für den anspruchsvollen Ablauf. Es gab Karnevalsdienstage, da erzielten wir tatsächlich eine Erfolgsquote von hundert Prozent. Alle acht Autos nahmen die Luftschlange unversehrt mit auf ihrem weiteren Weg. Wir achteten natürlich streng darauf, dass jeder der acht eine andere Farbe kriegte, Karneval soll ja in erster Linie eins sein: Bunt! Das war uns vollkommen klar, das Wechselspiel der Farben machte es. Das betraf natürlich auch das einzelne Auto, wir standen ja mit mindestens siebzig, achtzig Kinderpaaren an der Hauptsraße, im Abstand von circa zwanzig Metern, so dass ein einzelnes Auto im optimalen Fall auch siebzig, achtzig Luftschlangen an der Antenne flattern hatte, wenn es unser Dorf verließ, und das machte bei einer schön bunten Mischung schon einen imposanten, hochkarnevalistischen Eindruck. Bei uns hieß das übrigens nicht „Karneval", sondern „Fasteloovend", was aber an den technischen Feinheiten und dem Ablauf beim Luftschlangenspannen rein gar nichts änderte.

Ein Problem ergab sich, wenn es regnete oder sogar schneite, gerade um diese Jahreszeit leider gar nicht so selten. Nicht, weil wir dann pitschnass wurden, wer genießen will, muss schon auch ordentlich leiden können, das war ein Grundgesetz in der Eifel, immer schon, no risk, no fun! Logisch! Aber wenn die Luftschlangen nass wurden, ging deren Reißfestigkeit gegen Null, das war das Problem. Und hinzu kam noch, dass manche Autofahrer schon genug mit Eis, Schnee und eingefrorenen Scheibenwischern zu kämpfen hatten, und wenn ihnen dann auch noch eine feuchte Luftschlange an die Scheibe klatschte und die Sicht noch weiter einschränkte, war meist Schluss mit lustig.

Einer sprang mal nach einer Vollbremsung total wütend aus seinem eingeschneiten VW Käfer mit Kölner Nummernschild, und als ich ihn in seinem roten Ringelhemd mit abgeschnittener blauer Hose, das linke Bein erheblich kürzer als das rechte, und so einem schräg auf dem Kopf sitzenden, mindestens zwölf Nummern zu kleinen, grünen Hütchen mit einem Vögelchen oben drauf mitten im Schneegestöber rumhüpfen sah, während er uns aus vollem Hals anbrüllte: „Unverschämte Bande!", „Rotzlöffel!", „Verantwortungslose Bagage!", „Dusselige Puten!",

„Geistlose Eifel-Trampel!", und als unsere schneedurchweichte violette Luftschlange bei seinem Versuch, sie von der Antenne zu lösen, sich ihm dann auch noch ums Gesicht wickelte, ihm Teile davon in den Mund gerieten, und er dabei einen ganz frühen, aber sehr wilden Vorläufer des „Gangnam Styles" formvollendet und mit großer Leidenschaft auf unsere verschneite Dorfstraße tanzte – da kam in mir eine Ahnung davon hoch, eine wie komplizierte, vielschichtige, ja, am Ende auch ernste Sache Fasteloovend für die Erwachsenen wohl sein musste. Zugleich beeindruckte mich seine karnevalistische Performance wirklich zutiefst, ich habe sie heute noch vor Augen: Schnee-Känguru beim Luftschlangentanz, das beschreibt es ziemlich genau, denke ich mal. Und als ich dann Jahre später im Fernsehen den Hans Süper vom „Colonia- Duett" sah, da fiel es mir wie Schuppen von den Augen: Der muss das gewesen sein, haargenau die gleichen Tanzbewegungen! Wenn ich das gewusst hätte, hätte ich ihn doch um ein Autogramm gebeten. Ich hatte damals zwar kein Blatt Papier dabei, auch keinen Stift, aber wenn überhaupt, hätte er mir das Autogramm vermutlich eh voll ins Gesicht verpasst, mit der blanken Faust. So weit ist es aber nicht gekommen, vielleicht mit ein Grund dafür, dass ich sehr gern daran zurück denke. Menschenskind, hatten wir einen Spaß beim Luftschlangenspannen am Fastelovvend an der Hauptstraße mitten im Eifeldorf, Alaaaaf!

Möjsche unn Schwaleme

Der Eifeler hatte ja immer schon eine Vorliebe für Singvögel aller Art, wenn es nicht grad Spatzen waren, Möjsche, die waren regelrecht verhasst. Warum das so war, darüber hab ich als Kind nie nachgedacht. War einfach so, vermutlich, weil es so viele davon gab. Von diesen „dreckelije Möjsche" gab es damals in der Eifel noch weitaus mehr als „Monscher", also Monschauer, „Tütscher", wie die bei uns hießen und heißen, ein Name, der zurückgeht auf diese Biskuit-Tütchen in Form eines Eis-Hörnchens, scheußlich süß und meist auch noch mit Sahne gefüllt, igittigitt! „Monscher Tütscher", eine kulinarische Entgleisung, wie sie nur einem Monschauer Hirn entspringen konnte, gab es das ganze Jahr zu kaufen, eine Plage, genau wie die eingebildeten Monscher selbst, die sich als „Städter", „Kreisstädter" sogar damals noch, uns tumben Bauerntrampeln um Welten überlegen fühlten, nicht alle, zugegeben, aber doch mehr als genug, und die gingen uns schwer auf die Nerven, uns einfach gestrickten Dörflern, die wir hoch oben rund um das siffige Rattenloch herum wohnten.

Die Möjsche empfanden viele als ähnliche Plage, und sie waren ebenfalls immer da, das ganze Jahr. Von wegen in den Süden, nichts da, kein Stück! Und dann sahen die auch so fies aus, braun! Von der Farbe Braun träumten damals zwar immer noch viele voller Sehnsucht, heute ja auch wieder, sprach man aber nicht drüber, braun war offiziell tabu, und die Möjsche waren ja nicht mal nur braun, auch noch grau, braun mit grau oder grau mit braun, jedenfalls überhaupt nichts Buntes dran wie zum Beispiel an sonem niedlichen Kohlmeischen oder nem Rotkehlchen, bei den Möjsche absolute Fehlanzeige, nix, braungrau, als kämen sie geradewegs aus der Jauchegrube, „dreckelisch" eben. Und so was zu lieben, war dann schon schwer, und die Geräusche, die sone Möjsch absonderte – nicht gerade für vom Dichter zu besingen wie beispielsweise die Lerche, und so hoch fliegen konnte sie auch nicht, die Möjsch. Manche behaupten ja, die Möjsch wäre für uns unter vielen Aspekten so was gewesen wie der Kalterherberger unter den Singvögeln, aber ich finde, das wird dem Kalterherberger in keinster Weise gerecht, und der Möjsch schon gar nicht.

Der Sohn unseres Nachbarn, Kerelsches Jünnt, der hatte zu Weihnachten ein Luftgewehr geschenkt bekommen, „minge Flobbert", wie er das Ding liebevoll nannte, und Jünnt machte sich dann später an klaren Sommertagen gern schon mal einen Heidenspaß daraus, von der anderen Straßenseite aus, da wohnten die nämlich, auf die Möjsche zu ballern, die wie an der Perlenschnur aufgereiht bei uns auf der Dachrinne hockten, „aufm Dachkandel", wie wir sagten. Gott sei Dank schoss er meistens daneben, sonst hätten mein Bruder und ich noch mehr Möjsche-Kadaver unten vom Boden aufsammeln und entsorgen müssen, sprich: Im Garten zwischen den Kartoffeln verbuddeln. Und trotz der ständigen Einschläge am Dachkandel blieben die doofen Möjsche ungerührt da sitzen und fabrizierten weiter einen Massen-Lärm wie später höchstens noch die Fischer-Chöre in ihren schlimmsten Zeiten – wenn man die zu Gehör kriegte, schoss einem ja auch schon mal spontan der eine oder andere Gedanke an einen „Flobbert" durch den Kopf, die Gedanken sind schließlich frei, sie in die Tat umzusetzen, ist eine ganz andere Sache, logisch! „Datt sennt och Mingsche!" pflegte Oma an der Stelle zu sagen und hatte natürlich recht, schon deswegen hinkt der Vergleich von

Möjsch und Kalterherberger total. Von ganz anderem Kaliber dagegen waren die Schwalben, von denen es damals auch noch eine ganze Menge gab, nicht so viele wie Möjsche, aber eben doch ganz schön viele, und so bald die ersten „Schwaleme" aus dem Süden zurück kamen, ordnete unser Vater an, die Fenster auf dem Speicher aufzumachen, und die standen dann den ganzen Sommer über offen, auch bei Regen, Wind, Blitz und Donner, völlig egal, „de Schwaleme sennt do, da blieve die Venster opp! Basta!"

Am Firstbalken oben hoch im Speicher bauten nämlich Jahr für Jahr bestimmt so an die zwanzig, dreißig Schwalbenpärchen ihre Nester, an dem einen Fenster flogen sie rein, am anderen Fenster auf der Gegenseite wieder raus. Ich saß als Kind oft stundenlang da oben auf dem Boden und schaute mir das Spektakel an, und so eine edle Schwalbe war ja ganz was anderes als sone plumpe Möjsch, ein Unterschied, kannst du sagen, wie Hochadel und Hartz IV. Ja, ich weiß, ein Hartz-IV-Empfänger kann ja auch nichts für seine Lage, die Möjsch aber auch nicht, und der Angehörige des Hochadels ist nach mehreren Inzucht-Kreuzungen auch nicht mehr unbedingt der Elite zuzurechnen, zumindest nicht der geistigen, da kennen wir Eifeler uns aus, insofern war mein Vergleich mit Hochadel und Hartz IV „wenig zielführend", wie unsere Politiker gerne sagen, ziehe ich also zurück, meinen Vergleich, aber ihr wisst schon, was ich eigentlich gemeint habe, und dabei bleibe ich auch.

Allein das Erscheinungsbild der Schwalbe! Oben schwarz, unten weiß, dann die langen, schmalen, am Ende spitz zu laufenden Flügel, auf mich wirkten die Schwalben immer wie Pinguine der Lüfte, ich meine damit die äußere Erscheinung, beide elegant im Frack, als wären sie zum Wiener Opernball unterwegs, allerdings: Wenn man die Pinguine unbeholfen watscheln sieht, da bietet die Schwalbe das genau gegenteilige Bild, äußerst elegant gleitend, in die Lüfte aufsteigend bis hoch oben, dass man sie kaum noch sehen konnte, eine Augenweide. Ja, okay: Unter Wasser gleiten die Pinguine genau so elegant, aber welcher Eifeler lebte damals schon unter Wasser? Vom Leben unter Wasser hatten wir doch null Ahnung, erst als im Fernsehen „Abenteuer unter Wasser" kam und kurz darauf die ersten Filme von Tauch-Legende Hans Hass, kriegten wir in der Eifel Pinguine unter Wasser zu Gesicht und staunten nicht schlecht.

Man sagte ja immer: Wenn die Schwalben hoch fliegen, gibt es schönes Wetter, warm, sonnig, windstill. Mir hat mal einer erklärt, dass sich die Mücken bei Luft-Hochdruck in höhere Gefilde verziehen, und die Schwalben dann eben auch, weil sie sich von Mücken ernähren, von Möjsche leider nicht. Aber immer waren die Schwalben auch nicht hoch oben in der Luft unterwegs, davon zeugte unser Dachboden. Unter dem Firstbalken war unser Speicher Mitte des Sommers total zugekotet, eine ziemlich gerade Haufen-Linie von Schwalben-Scheiße, die dominierende Farbe war ein markantes Grauweiß – noch bei ihren Ausscheidungen zeigte die Schwalbe eine Vorliebe fürs Elegante – trotzdem, man muss es so sagen: Der Speicher war mittig durchgängig komplett zugeschissen, das hätten wir Kinder uns mal erlauben sollen! Schon damals habe ich manchmal bei mir gedacht: Wäre ich doch nur als Schwalbe auf die Welt gekommen! Es gab ja so Tage! Als ich beispielsweise abends mal vergessen hatte, die Hühnerstalltür zuzumachen, und morgens fehlten fünf Hühner und zwei weitere lagen tot auf der Wiese, da habe ich dermaßen ein paar hinter die Löffel gekriegt, dass ich am folgenden Abend immer noch heulend im Bett lag. Ich versuchte, mein Gesicht mit einem nassen Waschlappen zu kühlen und fasste dabei den festen Entschluss, bei nächster Gelegenheit einfach wegzulaufen und nie wieder nach Hause zurückzukehren, „dann werden sie schon sehen, was sie davon haben! Dann werden sie schon merken, wie schwer es ist, jeden Abend daran zu denken, die Tür vom Hühnerstall zuzumachen! Aber dann ist es zu spät!" Und das war damals genau so ein Moment, wo ich dachte: „Wäre ich doch nur als Schwalbe auf die Welt gekommen! Oder wenigstens als Pinguin!" Weder die eine, noch der andere hatten nämlich auch nur die geringste Verantwortung für die Hühnerstalltür, null! Und die Schwalben konnten zudem auch noch den Speicher nach Herzenslust zuscheißen und kriegten dafür nicht mal ansatzweise einen hinter die Löffel, im Gegenteil: Manchmal hatte ich den Eindruck, dass Papa mit einem gewissen Stolz auf diese Schwalbenkackreihe auf unserem Speicher blickte, fast so, als hätte er selbst seinen Teil mit dazu beigetragen. Ich meine, ich mochte unsere Schwalben ja auch, und sie konnten auch wirklich nichts dafür, dass wir auch noch Hühner hatten, und außerdem, um Omas Gedanken zu Ende zu denken: So eine Schwalbe ist ja auch nur ein Mensch!

Und im Spätsommer kam dann alljährlich der Tag, da ließen sich alle Schwalben unseres Dorfes in einer riesigen Vogelwolke von einem ersten Vorläufer der kommenden Herbst-Winde am Horizont hin und her treiben, wobei sich die Form der Wolke ständig veränderte, mal ähnelte sie einem schwebenden Elefanten, Sekunden später eher einer Giraffe, dann einer Schildkröte, mal auch einem überdimensionalen Osterei, und plötzlich, als hätte der Schwalbengeneral ein Kommando gegeben, saßen sie zu Hunderten, wenn nicht Tausenden, nebeneinander auf der Stromleitung. Die gingen ja damals noch durch die Luft, die Stromleitungen, von Mast zu Mast. Vielleicht gibt es deshalb heute auch kaum noch Schwalben? Weil es keine Stromleitungen mehr gibt, die durch die Luft gehen, von Mast zu Mast? Ich weiß es nicht. Die Schwalben hockten da nebeneinander, dicht an dicht, eigentlich nicht anders als die Möjsche auf dem Dachkandel. Wie es schien, unterhielten sie sich dabei ganz aufgeregt und flatterten mit den Flügeln. Ich hing im Fenster, konnte mich gar nicht satt sehen und war zugleich sehr traurig gestimmt, denn ich wusste natürlich, was das bedeutete.

Den Abflug nach Süden, den Moment, in dem sie sich in die Luft erhoben, um für die nächsten rund sechs Monate zu verschwinden, diesen Augenblick habe ich nie erlebt. Vielleicht geschah das ja nachts, ich vermute es fast. Auf einmal waren sie weg, die Fenster auf dem Speicher wurden wieder geschlossen, das war's dann erst mal mit unseren Schwalben. Und mit unserem Sommer. Schöner Mist! Den durften mein Bruder und ich nämlich dann weg machen, den Mist. Wir hatten ein Verfahren entwickelt, das hartnäckige, zementartige Zeug mit dem Spaten abzuschaben, dann mit dem groben Borstenbesen zusammenzufegen, mit der Handfegerschüppe in Eimer zu kippen, und ab damit nach draußen auf den Haufen, wo auch der Hühner- und Kaninchenmist landete. Das Ganze konnte dann den Winter über schön vor sich hin stinken, um in Frühjahr beim Kartoffelsetzen im Garten als Dünger in den Boden eingearbeitet zu werden, wo auch schon die eine oder andere gefallene Möjsch ihre letzte Ruhe gefunden hatte. Was lernen wir aus alledem? Zwar gab es in der Eifel noch keine

Computer, aber auf dem Speicher sammelte sich dennoch auch damals schon allerhand Mist an, dessen Entsorgung sich ziemlich mühsam gestaltete, aber wenn es im nächsten Jahr dann auf einmal wieder hieß „Speicher-Windows öffnen!“, ihr glaubt gar nicht, wie mir dann das Herz schlug, und ich konnte es kaum erwarten, dass, um in der Computersprache zu bleiben, sich auf dem Speicher-Boden ein ganz neuer Kot abzeichnete, der aber auf mich wirkte wie Adrenalin, denn mir war vollkommen klar: Eine Schwalbe macht noch keinen Sommer, und viele Schwalben machen viel Mist, alles richtig, aber viele Schwalben machen dann am Ende eben doch auch, richtig: Den Sommer, und der war für uns, gerade weil er in der Eifel so besonders kurz war, auch ganz besonders schön. Genau wie das Leben. In der Eifel.

Die „Singer“

Die Sternsinger-Aktion, wie man sie heute kennt, war in meiner Kindheit überhaupt noch nicht verbreitet, dafür hatten wir aber zu Hause eine „Singer“ mit Trittbrett, Schwungrad und Lederriemen. Eine „Singer“-Nähmaschine!

Ich liebte unsere „Singer“. Es gab ja welche, da stülpte man oben ein Holzdach drüber, so ein rundes, sah aus wie eine dieser Hallen, wo Flugzeuge rein kommen, ein Hangar, aber natürlich in klein. Wir hatten eine zum Versenken. Die eigentliche Nähmaschine konnte man leicht anheben, ein kleines Brettchen nach vorne kippen und dann das gesamte schwarz-gold glänzende, metallene Prachtstück an Scharnieren kopfüber nach unten in ein tiefes Loch wegklappen, so dass oben eine plane Fläche erschien, wie bei einem Tisch. Die plane Fläche war nichts anderes als der Boden der Nähmaschine, jetzt mit der Unterseite nach oben, die das entstandene Loch zusammen mit dem wieder in die Waagerechte zurückgeklappten Brettchen ganz abdeckte. Ein ausgeklügeltes Wunderwerk moderner Technik, lange, bevor James Bond so was Ähnliches an seinem Aston Martin hatte, das haben die 007-Leute alles geklaut bei unserer versenkbaren „Singer“ mit Trittbrett, Schwungrad und Lederriemen.

Speziell in der Adventszeit kam unsere „Singer“ jeden Abend zum Einsatz. Sobald zumindest die kleineren meiner fünfzehn Schwestern im Bett waren, ging es los. Dann fing Mama an, Puppenkleider zu nähen, aus Stoffresten, aus Vorhängen, aus verschlissenen Beikleidern zur Erstkommunion, die ja nach dem Kommunionsfest gern zu Sommerkleidern mutierten, aus zu klein gewordenen kurzen Hosen von meinem Bruder und mir, sehr beliebt waren auch Gardinen-Reste, an allen Ecken und Enden blieb was übrig, weggeschmissen wurde grundsätzlich nichts, „wä weeß, wovörr merr datt noch enns bruche kann!"

Ich fand das Geräusch der Nähmaschine immer so beruhigend. Ich saß im Sessel in der Wohnküche, Mama klappte die „Singer" hoch und ratterte los. Bei geraden Nähten erhöhte sie die Geschwindigkeit, und jedes Mal, wenn die Näh-Richtung geändert werden musste, klappte sie mit dem kleinen Finger so einen Metallhebel hoch, dann schob sie den Stoff in die erforderliche Position, schon ratterte es wieder los, mal langsam, mal schnell. Und wenn das Garn alle war, musste sie spulen, das ging dann mit einer Irrsinnsgeschwindigkeit.

Mit Strom hatte das Gerät absolut nichts zu tun, die Energie kam über das Trittbrett. Dadurch wurde unten ein ziemlich großes Rad angetrieben, das wiederum über einen Lederriemen mit der eigentlichen Nähmaschine oben verbunden war, und jedes Mal, wenn Mama nach einem kurzen Stopp wieder loslegen wollte, gab sie dem außen silbrig glänzenden, deutlich kleineren Maschinenrad oben einen Anschubs mit dem Handballen, funktionierte alles fast automatisch, war ihr über die Jahre und Jahrzehnte in Fleisch und Blut übergegangen. Diese Anschubs-Bewegung hat man ja dann später für die sogenannten Tatsch-Skriens am Computer übernommen, vor allem an den Schmacht-Phones. Von wegen Steve Jobs, das Super-Genie! Ich vermute, der hat mal in der Eifel Urlaub gemacht und sich das da bei Mama an unserer „Singer" mit Trittbrett, Schwungrad und Lederriemen abgeguckt, vielleicht auch bei ner anderen Frau, damals stand eigentlich in jedem Haushalt so eine „Singer", manche hatten auch ne „Adler" oder ne „Pfaff", die funktionierten aber alle genauso.

Ich saß, wie gesagt, im Sessel, war ins Tchibo-Heftchen vertieft und ließ mich von diesem ewigen Rattattattatta einlullen, unterbrochen durch das Klacken des Metallhebels, war irgendwie richtig schön gemütlich, und ab und zu begutachtete Mama ihre neue Naht, nahm den Stoff ganz nah an den Mund, um den Faden abzubeißen, und wenn das Kleidchen schon ein gewisses Stadium erreicht hatte, kriegte die nackte Schildkrötpuppe das schon mal angepasst, und wenn Mama anfing, per Hand Druckknöpfe anzunähen, fragte sie mich manchmal, ob ich ihr den Faden einfädeln könne, sie schaffe das nicht. Das habe ich natürlich gern gemacht, konnte aber überhaupt nicht verstehen, wieso ein Mensch dieses aus meiner Sicht riesig große Nadelöhr nicht erkennen konnte, zumal Mama auch noch eine Brille auf der Nase hatte. Das hat sich inzwischen gründlich geändert, heute kann ich nicht verstehen, wieso junge Menschen dieses aus meiner Sicht winzig kleine Nadelöhr überhaupt identifizieren können.

Und wenn Mama schon mal dickeren Stoff verarbeitete, oder gar Leder, dann passierte es nicht selten, dass eine Nadel zerbrach, manchmal sogar mehrere hintereinander, und wenn gar keine intakte Nadel mehr übrig war, konnte Mama schier verzweifeln – schließlich mussten bis Heiligabend alle Puppenkleider fertig sein. Dann war auch meine Wohlfühloase fürs Erste zerstört.

Heute findest du so eine versenkbare „Singer" mit Trittbrett, Schwungrad und Lederriemen höchstens noch im Museum, oder sie wird völlig zweckentfremdet. Kürzlich war ich bei meinem Chef eingeladen, und der hat mir stolz erzählt, er habe so eine komische alte Nähmaschine bei „Ebay" ersteigert und die zu einer mega-coolen Mini-Bar umbauen lassen. Hat er mir dann auch vorgeführt, rein äußerlich sah das Ding aus wie eine original „Singer" von früher, aber auf Knopfdruck tauchte auf elektrischem Wege statt Nähmaschine eine ganze Flaschen-Batterie aus der Tiefe auf, Whisky, Cognac, Likör, Armagnac, Obstler und weiß der Teufel, was alles noch für alkoholische Köstlichkeiten, natürlich ausschließlich vom Allerteuersten. Okay, damit kann man sich auch gründlich einlullen, aber ich finde das pervers.

Ich weiß nicht, wo unsere „Singer" mit Trittbrett, Schwungrad und Lederriemen geblieben ist, eines Tages war sie einfach nicht mehr da, genau wie unser Herd, diese herrliche Komposition aus Chrom und Keramik, mit den vielen Ringen oben auf der Kochfläche, oder die Wandkaffeemühle mit Delfter Porzellan, die schwarzen Bügeleisen aus massiv Gusseisen in verschiedenen Größen, oder auch unsere wunderbare Märklin-Eisenbahn mit drei Loks und einem sensationellen Tunnel, kunstvoll gestaltet aus einem Schuhkarton und reichlich Felspapier.

Jedenfalls wünsche ich unserer „Singer" von Herzen, dass sie nicht auch als skurriles Alkohol-Depot in irgendeiner Stadtvilla geendet ist. Möge ihr ein solch erniedrigendes Schicksal erspart geblieben sein! Eine stolze „Singer" zur Mini-Bar umoperieren – wie kann ein Mensch nur so grausam sein?! Nein, das darf einfach nicht sein, das hätte sie wirklich nicht verdient, unsere „Singer" mit Trittbrett, Schwungrad und Lederriemen.

Wallfahrt

Einmal im Jahr war bei uns im Dorf Wallfahrt. Nach Heimbach. Ich glaube, es ging um die heilige Maria, das „Gnadenbild der Schmerzhaften Mutter Gottes" soll da zu sehen sein. Ich habe mir das nie bewusst angeschaut, uns Jugendliche interessierte das auch nicht. Die Mädchen vielleicht, weiß ich nicht, uns Jungs jedenfalls überhaupt nicht, für uns war die Wallfahrt ein sportlicher Ausdauer-Wettbewerb, statt Triathlon, den gab's ja damals noch nicht, aber wir machten einen, allerdings in normalen Klamotten. Der Weg führte von Höfen über Monschau Richtung Rursee, an Schmidt vorbei nach Heimbach, insgesamt waren das, und sind es auch heute noch, so circa 40 Kilometer, schätze ich mal.

Und es gab zwei Wallfahrts-Varianten, einmal die Normalo-Wallfahrt für die Weicheier, die spazierten gemütlich Samstagmorgen los, waren dann noch im Hellen da und übernachteten irgendwo in einer Scheune im Heu. Wer Verwandte in Heimbach hatte, konnte womöglich sogar im Bett schlafen oder wenigstens auf einer Luftmatratze. Abends konnte man auch schön was essen und trinken, womöglich sogar gemütlich in einer Kneipe, da lebten die in Heimbach ja von, wie die Sherpas in Nepal von den Mount-Everest-Besteigern, nur dass die Heimbach-Pilgerer nicht auf den Gipfel mussten, sondern Sonntagmorgen in die Kirche. Wenn da schon mal jemand einen Absturz erlitt, dann höchstens, weil er am Vorabend zu tief ins Glas geschaut hatte. Nach der Messe ging es den Wallfahrtsweg retour, und Sonntagabend war man im Hellen wieder zurück in Höfen. Eine lächerliche Angelegenheit für einen Sechzehnjährigen, der zwar noch nie was von einem

Triathlon gehört hatte, sich aber im tiefsten Inneren wie ein knallharter Triathlet fühlte, und heute weiß ja jedes kleine Kind: Entscheidend ist in allen Lebenslagen „das Gefühlte".

Die taffen Wallfahrts-Triathleten starteten erst am Samstagabend und marschierten die Nacht stramm durch, in Heimbach ohne Halt gleich rein in die Kirche, und nach dem Schlusssegen gemeinsam mit den Weicheiern sofort wieder zurück nach Höfen, sprich: Zwei Marathons hintereinander, einer hin, einer zurück. Halt, wird jetzt der eine oder andere Besserwisser einwenden, aber ein Triathlon hat doch drei Prüfungen, und damit hat er natürlich vollkommen recht, die dritte, und mit Abstand schwerste Prüfung war der betende Singsang unterwegs. Vorneweg marschierte ein sogenannter Vorbeter mit seinem Vorbeterstab, den er jedes Mal nach rechts hoch in die Luft stach, wenn ein neues „Vaterunser" begann. Oben am Vorbeterstab war natürlich ein Kreuz mit dem Corpus Christi befestigt, logisch, war ja eine Wallfahrt, weshalb auch während des gesamten Fußmarsches pausenlos Rosenkränze gebetet wurden, also im steten Wechsel „Vaterunser", „Gegrüßetseistumaria" und „Eherseidemvater". Das erste Wort rief der Einpeitscher immer mit einer besonderen Betonung und Lautstärke gen Himmel: „VATER...", „GEGRÜSSET...", „EHRE...", zumindest die erste halbe Stunde, dann fielen die Ausschläge des Vorbeterstabes nach und nach weniger markant aus, und auch die Betonung der Anfangswörter hatte sich fast auf Null zurückgepegelt und ging im allgemeinen Gebetsgemurmel der Wallfahrer unter, die ja in Wirklichkeit Wall-Geher waren.

Als es noch keine Autos gab, trottete hinter der Prozession ein Pferdegespann, wie bei der Tour de France der sogenannte „Besenwagen", für den Fall, dass jemand schlapp machte. Nicht selten gab es bei der Rückkehr dann gleich anschließend eine oder mehrere Beerdigungen im Dorf: „Auf der Wallfahrt verstorben". Wenn die nicht in den Himmel kamen, wer dann?!

Und einer trug übrigens während der Wallfahrt die Fahne der Pfarrei. Es gab mindestens zwei solcher Fahnen, eine für die Tages-Tour, eine für unseren Triathlon. In unserer Pfarre „Sankt Michael" war auf den kunstvoll bestickten Fahnen logischerweise der heilige Michael abgebildet, wie er den Drachen tötet, das imposante Teil war sicher drei, vier Meter hoch, hatte einen dicken Mast fast wie das Hauptsegel auf der Gorch Fock und war, wie man sich denken kann, wahnsinnig schwer. Deshalb gab es für den Fahnenträger einen ledernen Tragegurt, den er sich um die Schulter legte, mit so einer unten geschlossenen Lederhülse, in welche das massive Mastende genau rein passte. Trotz des Lederriemens war das Tragen der Fahne eine echte körperliche Herausforderung, weshalb sich die jungen Männer auch im Halb-Stunden-Rhythmus abwechselten. Diese körperliche Herausforderung kam natürlich nicht für jedermann in Frage, irgendsoein durchgeistigter Hänfling wäre schon nach fünf Metern unter der Fahne zusammengebrochen. Eine Aufgabe für die echten Power-Typen, für die kam also beim nächtlichen Wettkampf sogar noch eine vierte Disziplin zum Triathlon dazu, wahrhaftige Quadrathleten, gibt es heute gar keine mehr.

Und am Sonntagnachmittag, beim Wiedereinmarsch ins Heimatdorf, kam es schon mal vor, dass einer die Fahne die letzten hundert Meter freihändig trug, ohne Ledergurtunterstützung, der war dann zumindest für die männlichen Heranwachsenden des Dorfes der Held nicht nur des Tages, auch nicht nur der Wallfahrt, nein, er war unser ganz persönlicher

Sportler des Jahres, da hätten wir uns vor lauter Bewunderung fast in die Hose gemacht, „kickens, dä dräjett die Faahn märr monne Hänk! Oohne dä lähre Reehm! Leck ess de Bräer!"

Und ich weiß noch, in dem einen Jahr trug Strongsbüggdele Manni die Fahne sogar die letzten fünfzig Meter mit einer einzigen Hand und streckte dabei den rechten Arm auch noch vom Körper weg, mir fielen fast die Augen aus dem Kopf, unglaublich, „datt jlöövs du nett!" „Dä Manni" war fürderhin unser absolutes Idol, so was wie Wilfried Dietrich, „der Kran von Schifferstadt", der hatte ja bei Olympia im Freistilringen – oder war es griechisch-römisch? – hatte der einen farbigen Gegner, der anderthalb Zentner schwerer war als er selbst, genau hundertachtundneunzig Kilo, ich weiß es noch wie heute, den hatte er glatt ausgehebelt, über Kopf und Schultern durch die Luft nach hinten gewirbelt und aufs Kreuz geschmissen, Goldmedaille! Schade, dass der nie mit uns nach Heimbach gepilgert ist: Wilfried Dietrich, der Kran von Schifferstadt, marschiert mit unserer Sankt-Michaels-Fahne am ausgestreckten rechten Arm bei der Rückkehr von Heimbach ins Dorf ein – das wär's echt noch gewesen, träumen darf man ja.

Jedenfalls, um den Triathlon-Gedanken aufzugreifen: Diese endlose, eintönige Murmel-Beterei war für mich so schwer zu ertragen, ich wäre die Strecke lieber sogar noch ein drittes Mal gelaufen, wenn dafür die Vaterunserei entfallen wäre, dafür wäre ich sogar auch noch zusätzlich einmal durch den Rursee geschwommen und wieder zurück, obwohl ich gar nicht schwimmen konnte, daran können Sie erkennen, wie unerträglich dieses Dauergemurmel war, die reinste Folter, vor allem immer und immer wieder die gleichen Wort-Abfolgen, das ist wie wenn dich jemand auf dem Boden festbindet und dir stundenlang einen Wassertropfen auf immer dieselbe Stelle auf der Stirn fallen lässt, am Ende wirst du wahnsinnig, das weiß ich aus den Django-Filmen.

Für einen Heimbach-Triathleten gab es aber noch zwei weitere gravierende Probleme. Das eine waren die Füße, viele mussten nach den ersten drei Stunden schon auf den Pferdewagen, weil sie solche Blasen hatten, dass nichts mehr ging. Gott sei Dank hatten wir ein Pferdegespann mit zwei, in manchen Jahren sogar mit vier Pferden, später mit nem Trecker, und einem richtig langen Heuwagen mit wahnsinnig viel Platz drauf, war aber auch nötig. Es kursierten die verschiedensten Methoden, wie man Blasen vorbeugen könnte: Alte Socken, die schön durchgeschwitzt waren, gar keine Socken, besonders fest geschnürte Schuhe, manche schworen auch auf Sandalen, Jesus und seine Jünger waren ja damals auch auf ihren langen Wanderungen grundsätzlich auf Sandalen unterwegs gewesen, und ich habe noch nie was davon gehört, dass Jesus Blasen gehabt hätte, oder seine Jünger. Vielleicht steckt aber auch ein Wunder dahinter, das nur keinen Eingang in die biblische Geschichte gefunden hat. So wie es die wundersame Brotvermehrung gab, hat es womöglich auch die wundersame Blasentilgung gegeben, wer weiß?! Liegt darin eventuell der eigentliche Ursprung des „Blasius"-Segens? Nichts ist unmöglich, und bei Jesus schon gar nicht.

Ich habe alle Methoden ausprobiert, genützt hat keine, am Wallfahrtsrückkehrsonntag humpelte ich Jahr für Jahr mit total zerschundenen Quanten und schmerzverzerrtem Gesicht ins Dorf, auf dem rohen Fleisch sozusagen, „kukeriku, Blut ist im Schuh!" Wahrscheinlich war das aber im Sinne des Erfinders, so hatte man noch ziemlich lange was von der Wallfahrt.

Und das nächste gravierende Problem beim Heimbach-Triathlon war, in der Nacht-Session nicht einzuschlafen. Ich bin tatsächlich mal, ich glaub, ich war gerade vierzehn geworden, im Gehen, die monotone Vaterunserei tat ein Übriges, eingeschlafen, in den Straßengraben gestolpert – und habe da einfach weiter geschlafen, und niemand hatte es bemerkt, es war ja total dunkel. Und erst, als das nächste Team vorbeizog, wenn ich mich recht erinnere, waren es die Rohrener, wurde ich wieder wach, rappelte mich hoch und habe mich denen angeschlossen. Das hat sich dann später natürlich rumgesprochen und war mir wahnsinnig peinlich, stell dir nur mal vor, du hast im Olympia-Finale über vier mal hundert Meter einen Blackout, übernimmst als Schlussläufer den Stab eines anderen Teams und läufst damit durchs Ziel, so kam ich mir damals vor, schön ist was anderes. Und deshalb hatte ich mir fürs Folgejahr was ganz Geniales ausgedacht. Ich hatte mir, ohne dass Mama was davon mitgekriegt hatte, beide Hosentaschen vollgestopft mit Kaffeebohnen. Ich mochte zwar überhaupt keinen Kaffee, nicht mal Lindes, also Muckefuck, Kinderkaffee, aber wenn es um den eisenharten sportlichen Wettkampf geht, kennt der wahre Athlet bekanntlich keinen Schmerz. Schon nach wenigen Minuten, bei noch völlig gesunden Füßen, nahm ich die ersten Kaffeebohnen in den Mund und kaute darauf rum, und das habe ich dann fortgesetzt bis nach Heimbach. Gott sei Dank hatte ich meine Vorräte klug dosiert, ich kann Ihnen nur empfehlen, testeshalber mal eine Weile auf Kaffeebohnen rumzukauen. Schon nach kürzester Zeit haben Sie einen Geschmack im Mund, einfach unbeschreiblich. Wundert mich, dass die im RTL-Dschungelcamp noch nicht darauf gekommen sind, in Kombination mit Fischaugen oder Kamelpenis unschlagbar, könnte ich mir vorstellen. Aber: Als Wachhalter hat es sich bewährt. Es war nur so, dass ich sonst nichts Essbares dabei hatte, und auch nichts zu trinken, und so begannen die Kaffeebohnen auch im Magendarmtrakt schon bald ihre Wirkung zu entfalten. Diesmal suchte ich den Straßengraben zwar nicht wieder zum Schlafen auf, aber durchaus auch zur Befriedigung körperlicher Bedürfnisse, ich weiß jedenfalls seither, wie man eine Verstopfung wirklich wirkungsvoll bekämpfen kann, und in dem Jahr hatte ich bei der Heimkehr nicht nur die Füße wund.

Kaffee hatte ich, wie gesagt, schon vorher nicht gemocht, aber seit jener Wallfahrt reagierte ich sogar hochallergisch auf Kaffee, und daran hat sich bis heute nichts geändert, ich habe eine ausgeprägte Kaffee-Allergie. Mein Arzt meint zwar, es sei neben mir kein zweiter Fall einer solchen Allergie belegt, aber ich weiß ja wohl am besten, dass ich sie habe. Schon wenn mir nur der Hauch von Kaffeeduft in die Nase steigt, kriege ich ganz spontan Blasen an den Füßen, was soll ich machen?!

Das konnte aber meine Begeisterung für die Wallfahrt nach Heimbach in den folgenden Jahren absolut nicht schmälern. Nicht die Bohne.

Das Stofftaschentuch

Ein Tempo als Utensil zum Naseschnäuzen kannten wir in der Eifel lange Zeit überhaupt nicht. Tempo, das war für uns Geschwindigkeit und sonst nichts: „Jetzt quassel nett erumm! Bind dir die Schuh zu. Aber Tempo! In fünf Minuten jeht drr Bus!" Tempo als Marke für Papiertaschentücher gab es sicher schon, war aber bis zu uns nicht vorgedrungen, ganz im Gegensatz zu Maggi, auch so ein Fall, wo der Markenname mit dem Produkt gleichgesetzt wird. Es gab später einige andere Firmen, die ebenfalls flüssige braune Würze produzierten und auch Papiertaschentücher, rechteckig gefaltet und akkurat zu zehnt abgepackt, aber genannt werden beide bis heute „Maggi" oder „Tempos", und ich muss sagen: Jedes Mal, wenn ich mir versehentlich ein paar Tropfen Maggi auf den Handrücken träufele, bin ich froh, wenn ich ein Tempo dabei habe. Und übrigens kann ich bei hartnäckigem Schnupfen ein altes Hausmittel nur empfehlen: Einfach ein paar Tropfen Maggi in mäßigem Tempo die Nase hochziehen – wirkt wahre Wunder. Und was ich ganz interessant finde: Am Umgang mit Tempos kann man den Charakter eines Menschen ziemlich genau ablesen. Doch, hab ich rausgefunden. Wer beispielsweise vor dem Tempogebrauch, sozusagen mit noch tropfender Nase, erst mal den Klebeverschluss an der Packung akribisch auf den Millimeter genau wieder verschließt, bevor er schließlich das Tempo an die Nase führt, der guckt in der Regel auch den Musikantenstadl und mäht auch im Winter den Rasen, achten Sie mal drauf.

Wie gesagt, Maggi kannten wir, Tempos nicht. Ohne Maggi ging praktisch nichts in der Eifel, Maggi war äußerst beliebt als Möbelpolitur, junge Mädchen, die auch so einen braunen Täng im Gesicht haben wollten wie Cornelia Froboess neben Peter Kraus in dem Blockbuster-Kinofilm „Wenn die Conny mit dem Peter", massierten sich gründlich Maggi in Backen und Stirn, was den angenehmen Nebeneffekt hatte, dass man auf ein zusätzliches Parfüm getrost verzichten konnte, Maggi diente auch zur Verhütung: Ein Bild von Maggi Thatcher im Schlafzimmer an die Wand gehängt, und es lief garantiert nichts mehr, ach ja, und manche taten Maggi sogar in die Suppe, eine verrückte Zeit.

Zugegeben, irgendwann fanden dann auch die „Tempos" den Weg in die Eifel. Die Zugezogenen schleppten die Dinger ein, genau wie „Kleenex". Als ich zum ersten Mal eine Packung Kleenex im Einsatz gesehen hatte, glaubte ich anschließend auch an die Wunder aus Lourdes. Vorher hatte ich da immer leise Zweifel gehabt, nicht geäußert, das hätte Mama doch allzu sehr verstört, sie war ja ein bedingungsloser Fan der heiligen Maria, beim Kochen trällerte sie immer vor sich hin „Mariiiia duuurch eihein Dooornwahald ging, kyyyyrieleieieis!"

Mein Schlüsselerlebnis in Sachen Kleenex hatte ich im Haus von Onkel Hans. Onkel Hans war ein Konditor aus Aachen, der speziell mit den von ihm kreierten Hexen-Häusern aus Printen und Zuckerguss in der Wirtschaftswunderzeit offenbar so viel Geld angehäuft hatte, dass er sich mit vierzig zur Ruhe setzen und ein Strohdachhaus in Höfen kaufen konnte, in dem er ohne Kinder, aber mit einer wahren Strafe von einer Ehefrau den Rest seines Lebens heroisch ertrug. Und mit dem hatte unser Vater sich angefreundet, weshalb wir ihn „Onkel Hans" nannten, obwohl er gar nicht mit uns verwandt war, und manchmal nahm Papa mich und meinen Bruder mit zu

Besuch zu Onkel Hans, was ich toll fand, weil es da für jeden von uns ein ganzen Fläschchen Limo gab, Bluna. Bei uns zu Hause gab es grundsätzlich nie Bluna. Weniger toll fand ich allerdings, dass Onkel Hans ununterbrochen Informationen haben wollte über die Schule, über unsere Aktivitäten im TV Höfen, ob wir schon was mit Mädchen hätten und was weiß ich nicht alles, er hörte gar nicht mehr auf, uns auszufragen, erzählte zwischendurch aber auch immer wieder ellenlange Geschichten aus seinem eigenen Leben, die uns überhaupt nicht interessierten, ich glaube, er war einfach froh, auf diese Weise mal für ein, zwei Stunden der Fuchtel seiner Frau entrinnen zu können, dafür hätte er vermutlich nen ganzen Kasten Bluna springen lassen, aber wir waren ja zur Bescheidenheit erzogen, man könnte auch sagen, zur Blödheit.

Jedenfalls, um den Faden wieder aufzugreifen, dort, bei Onkel Hans, erlebte ich, als mir mein noch halb volles Glas Bluna umgekippt war, erstens, dass ich keinen hinter die Löffel kriegte, schon außergewöhnlich genug, und zweitens, wie er so ein Kleenex-Tuch aus dem Schlitz einer blauen Pappschachtel zog, und sich sodann, wie von Geisterhand bewegt, ein Folge-Kleenex zu etwa einem Drittel ganz von allein hinterherschob, welches Onkel Hans auch noch rauszog, und das nächste spinkste auch schon wieder durch den Schlitz hervor und immer so weiter. Und beides, sowohl das Keinenhinterdielöffelkriegen als auch die ständige Wiedergeburt der Kleenex-Tücher waren für mich unglaubliche Wunder, und wenn es solche Wunder schon im Strohdachhaus von Onkel Hans bei uns in Höfen gab, warum sollte es dann nicht möglich sein, dass im fernen Lourdes gelähmte Menschen von jetzt auf gleich aus ihren Rollstühlen hüpften und wieder gehen konnten?! Das war in etwa mein Gedankengang. Wir hatten zu Hause weder Kleenex noch Tempos. Es gab Putzlappen und Putzläppchen aus Stoff in allen Größen, sogenannte „Höddelcher“: „Jäff mrr enns jraahd e Höddelchen erövver, isch ha jeschlabbert!“ Und auch unsere Taschentücher waren aus Stoff, und so ein Stofftaschentuch hatte gegenüber einem Papiertaschentuch den immensen Vorteil, dass man es unendlich oft benutzen konnte. Ich hatte ein Lieblingsstofftaschentuch, relativ groß, im Grundton gelb, mit grünen Streifen, eine Farbkombination, die eine hundertprozentige Harmonie einging mit dem Inhalt, der sich im Laufe der Wochen und Monate in dem Taschentuch ansammelte, vor allem im Winter in meiner Nebenhöhlenentzündungsphase, die meist erst mit dem Frühling endete, um nahtlos von meiner Pollenallergie abgelöst zu werden, die man damals noch Heuschnupfen nannte.

Man hätte das Stofftaschentuch natürlich waschen können, das war aber nicht nötig, fand ich. Spätestens, wenn es so eine Sperrholz-Konsistenz angenommen hatte, habe ich es, meist, wenn ich an der Haltestelle auf den Bus wartete, so lange hin und her gebogen, bis unter knarzenden Bruch-Geräuschen die größten Brocken in kleinen Eruptionen abgesprungen waren, sodann habe ich es noch ein wenig geknetet und massiert, bis es schließlich wieder recht biegsam war, elastisch wäre vielleicht ein bisschen übertrieben ausgedrückt, aber durchaus in diese Richtung, und in meinen Augen war es auch wieder sauber, und dann ging es wieder für die nächsten vier, fünf Wochen. Das gleiche Verfahren habe ich übrigens auch angewandt, um meine rechte Hosentasche wieder geschmeidig zu kriegen. Wenn das so ein Gefühl war, selbst durch die lange Unterhose durch, als wäre eine Familientube Uhu in der Hosentasche ausgelaufen und festgetrocknet, wusste ich, es war mal wieder höchste Zeit für ein „Break". Ich hab mich damals immer gewundert, warum meine Nebenhöhlenentzündung den ganzen Winter nicht weggehen wollte, heute wundere ich mich nicht mehr. Ich hatte da meinen ganz persönlichen Test entwickelt, und zwar sprang ich auf einem Bein die Steintreppe runter, die von unserer Haustür genau fünf Stufen runter bis zur Straße führte, ich nahm alle Stufen auf einmal, und wenn bei der Landung ein stechender Schmerz in die eine Wangenseite schoss, wusste ich: Nasennebenhöhlenentzündung, da brauchte ich zur Kontrolle nicht mal das Taschentuch auseinanderzubrechen. Linkes Bein brachte ein Stechen in die linke Gesichtshälfte, rechtes in die rechte, klar, und wenn die Treppe vereist war, kam manchmal eine Steißbeinverstauchung noch dazu, die aber wenigstens im Taschentuch nicht sichtbar wurde.

Und als dann später die Tempos sich auch in der Eifel breit gemacht hatten, wurden meine Nebenhöhlenentzündungen tatsächlich immer seltener, und auch meinem Steißbein kamen die Dinger sehr zugute, aber ich habe oft an der Bushaltestelle reflexartig in die Hosentasche gegriffen – und damit ins Leere und stand dann zehn Minuten lang total gefrustet da rum und wusste absolut nicht, was ich tun sollte.

Heute benutze ich längst wieder Stofftaschentücher, und der Plural ist durchaus gerechtfertigt, ich habe nämlich sogar zwei davon, zum Wechseln, ein gelbes mit grünen Streifen und ein grünes mit gelben Streifen. Und seit drei Monaten fahre ich auch wieder mit dem Bus, zur Arbeit, jeden Tag. Und ich habe einen super HNO-Arzt gefunden.

Das Posiealbum

Wenn du heute draußen in der Welt durchblicken lässt, dass du aus der Eifel stammst, darfst du dir des Mitgefühls der Zivilisation sicher sein, du kannst ja nichts dafür! Anders ist das schon, wenn du heute immer noch in der Eifel LEBST. Ich meine, ich hätte mal gelesen, dass der Tiefenpsychologe das „eine lebbare Alternative zum Suizid" nennt, bin aber nicht ganz sicher, wüsste auch gar nicht, was er genau damit meinen könnte.

Die Eifel ist etwas zum Besuchen, so wie der Zoo, aber doch nichts zum da Leben – das ist vermutlich der Gedanke, der dahinter steckt. Ein Wochenendhaus in der Wildnis, ja, das hat dann schon wieder was, wie der Herr Kachelmann, als er sein Thermometer noch nicht in vierundzwanzig Damen und sein Geld noch nicht in vierundzwanzig Anwälte gleichzeitig steckte, da hatte er eine Hütte in Kanada, hab ich gelesen, und eine Wetterstation in Kalterherberg. Letzteres weiß ich genau, und die gibt es auch noch, die Wetterstation in Kalterherberg, gehört ihm aber nicht mehr, hab ich gelesen, die Hütte in Kanada auch nicht mehr, so weit ich weiß, und die meisten Frauen auch nicht, hab ich gelesen, das Thermometer schon noch, das weiß ich mit hoher Wahrscheinlichkeit.

Früher kam der Eifeler gar nicht dazu durchblicken zu lassen, er komme aus der Eifel und lebe auch dort, erstens, weil er die Eifel nie verließ, und zweitens, weil er so lange Sätze nach Möglichkeit zu vermeiden trachtete. Dennoch ahnte der Eifeler immer schon, dass er es als solcher besonders schwer hatte auf dem Planeten Erde, der eine mehr, der andere weniger. Ich zum Beispiel hatte fünfzehn Schwestern und habe sie immer

noch, alle jünger als ich, auch das noch, richtig! Nicht unbedingt in allen Lebenslagen ein Grund zum Jubeln. Dass mein Bruder und ich denen grundsätzlich bei den Hausaufgaben helfen mussten, während schwesternfreie Klassenkameraden längst auf ihren Skiern den Steilhang runter sausten, konnte man sich als gläubiger Katholik ja gerade noch so als Gottes Willen zurecht legen. Zum Glück gab es bei den zehn Geboten keins, wonach man bei der Beichte hätte bekennen müssen: „Ich habe zwölf meiner Schwestern die Pocken an den Hals gewünscht, und den anderen drei die Masern!", da war Gott schon ziemlich gnädig gewesen, als Kind habe ich mir aber auch oft gedacht: Moses hatte womöglich auch fünfzehn Schwestern gehabt oder sogar noch mehr und das entsprechende Gebot einfach in einem unbeobachteten Moment mit einem nassen Schwämmchen von der Tafel gewischt. Es ist ja doch verdächtig, dass es von allem Möglichen „zwölf" gab: Apostel, Monate, Geschworene, nicht zu vergessen das Dutzend, aber „zehn" Gebote, da stimmt doch was nicht, das kann mir keiner erzählen. Was Moses zusätzlich zu dem Schwestern-Gebot noch weggewischt hat, darüber habe ich oft nachgedacht, aber bis heute keine schlüssige Antwort gefunden.

Viel schlimmer noch als die Hausaufgabenhilfe war das „Posiealbum", das jede, aber ausnahmslos jede meiner Schwestern ihr Eigen nannte, ich vermute, Mädchen wurden bereits mit Posiealbum geboren, eingebunden in die Nabelschnur, ich kann mich jedenfalls nicht erinnern, dass eine meiner Schwestern, so klein sie auch immer gewesen sein mag, zu irgendeinem Zeitpunkt ihrer Kindheit kein Posiealbum besessen hätte, das lag immer schon im Kinderwagen neben dem kleinen Köpfchen, Ton in Ton mit dem allerliebsten, von Mama gehäkelten, rosa Mützchen. Gut, das ist jetzt vielleicht eine Winzigkeit übertrieben, aber nur eine Winzigkeit. Die galoppierende Blödsinnigkeit eines Posiealbums manifestiert sich ja schon in dem fehlenden „e" hinter dem „o". Wäre ein Junge auch nur ansatzweise auf die Idee gekommen, so ein Ding zu führen, hätte er es zumindest schon mal „Po-e-siealbum" genannt, wie es sich laut Duden gehört, aber noch peinlicher als das fehlende „e" waren die Sprüche, die in so einem Posiealbum ihren Niederschlag fanden, Posie vom allerfeinsten, was sonst?! Blöd nur, wenn man sich verschrieben hatte, mit dem Füller, ins Posiealbum schrieb man grundsätzlich nur mit Füller, Füller war edler. Tinten-Tod oder flüssiges Tippex, so was gab es damals noch nicht, da half dann nur eins: Ein Bildchen drüber kleben oder gleich mehrere, die gehörten eh standardmäßig zu jedem Posiealbumseintrag dazu. Sehr beliebt waren die sogenannten Hummel-Bildchen, die gab es auch als Postkarten und zuckersüße Pozellanfigürchen. Die hatten, wie ich weiß, weder was mit dem Hamburger „Hummel-Hummel"-Gruß zu tun, noch mit dem gleichnamigen Brummer, sondern waren benannt nach ihrer Schöpferin, der Nonne Berta Hummel, die die Dinger wohl selbst scheußlich fand, aber von der Äbtissin gezwungen wurde, immer wieder neue davon zu zeichnen, weil die sich noch besser verkauften als Heiligenbildchen, Rosenkränze und gesegnete Kräuterkissen zusammengenommen, und von der Kohle konnten dann die allerneuesten, im Material hochwertigen Peitschen zur gegenseitigen und Selbst-Kasteiung angeschafft werden. Sag ich jetzt einfach mal so, „Shades of Grey" lassen grüßen.

So ein Hummel-Motiv – tja, wie soll man das beschreiben? War so was wie die legitime Vorläuferin von Barbie, allerdings mit null Sex-Appeal, ist ja klar, dafür aber mit einem Schuss Putten-Engel, große blaue Augen, honigsüße Gesichtchen nach dem Kindchen-Schema, Speckärmchen, Speckbeinchen, Patschehändchen, schicke Rüschenkleidchen mit ebenso schicken Rüschenschürzchen. Die Hummelbildchen gab es zu kaufen im Konsum, bei Edeka und später auch im Schreibwarengeschäft, als es schließlich ein Schreibwarengeschäft gab, das A-4-Blatt zu fünfundzwanzig Pfennigen, und da waren dann sicher so an die fünfzig Objekte der Begierde zum Abziehen drauf. Waren sie damals schon selbstklebend? Ich glaube ja, sonst hätte man sie anlecken müssen, wie eine Briefmarke, auch möglich.

Hummelbildchen im Posiealbum waren wichtig, ohne ging es nicht, zentral war aber natürlich die geschriebene Botschaft, und von herausragender Bedeutung war die Zahl der Einträge, die Zahl der guten Wünsche. Viele Einträge im Posiealbum, das war damals so wie heute viele Freunde bei Facebook, mit nur wenigen Einträgen hattest du bei den gleichaltrigen Geschlechtsgenossinnen deinen Ruf als Loserin auf alle Zeiten weg. Eine „Loserin" hieß damals allerdings bei den Mädchen „doofes Weib", meine Schwestern kannten noch die Steigerung „doofes Weib in Butter gebraten" oder als oberste Stufe der Verdammnis „die da", das war schlimmer als leprakrank.

Und um diesen schrecklichen Mobbing-Status nur ja zu vermeiden, ließen die Mädchen das Posiealbum ständig kreisen, gaben es auch an solche Mädchen, die sie eigentlich überhaupt nicht ausstehen konnten, ausgenommen nur die „doofen Weiber", die „doofen Weiber in Butter gebraten" und „die da" – die drin stehen zu haben, war ein Makel, ein Schandfleck, durfte auf keinen Fall passieren. Einfach war es nicht, ein Posiealbum politisch korrekt zu führen, und wer ein Posiealbum kriegte, war auch verpflichtet, was rein zu schreiben, das war der Ehrenkodex, und: Ein Spruch, der schon drin stand, durfte nicht wiederholt werden, kam für dieses Posiealbum nicht mehr in Frage, auf gar keinen Fall, das war der zweite Ehrenkodex. Wiederholung eines Spruchs – ein absolutes No-Go, würde man heute sagen. Wenn das passierte, konntest du von heute auf morgen zu den „doofen Weibern" abgestraft werden, womöglich sogar „in Butter gebraten", wenn nicht gar „die da"! Eine Katastrophe! Der absolute Posiealbums-GAU! Jedes Posiealbum eröffnete mit dem Klassiker: „Rosen, Tulpen, Nelken, alle Blumen welken, nur die eine nicht, und die heißt Vergissmeinnicht!" „Vergissmeinnicht" damals allerdings noch mit scharfem „s", also Esszett, „Vergißmeinnicht", und dieser Klassiker war dann natürlich für den gesamten Rest dieses Posiealbums verbrannt, gestorben, out, tabu!

Wenn man ein Posiealbum in die Hand gedrückt kriegte, mit schon mehr als fünfzig Einträgen, dann wurde es logischerweise schwer, was Neues zu finden, und genau das machten sich dann einige der Sprüche auch schamlos zum Inhalt, sozusagen die kultivierte, die perfektionierte Einfallslosigkeit: „Ich bin nicht Goethe, bin nicht Schiller, schreibe nicht wie Gustav Müller, schreibe einfach nur so hin, weil ich deine Freundin bin." Fertig! Ich wusste damals nicht, wer Gustav Müller ist, heute auch nicht, aber es reimte sich. Die Schreiberin hätte sich allerdings auch kürzer fassen können: „Ich bin blöd wie ein Butterbrot und deine Freundin." Reimte sich aber nicht, und genau das war der Lapsus Clapsus, wie wir Lateiner sagen.

Manche Einträge hatten aber durchaus auch wieder einen regelrecht philosophischen Einschlag: „Blick nicht trostlos in die Welt, wie die dummen Kälber! Das Gesicht ist dir geschenkt, lachen musst du selber!" Ein Spruch, der aus heutiger Sicht umso erstaunlicher klingt, als damals noch kein Mensch Angela Merkel kannte. Nun hätte ich ja sagen können: Sollen sich die Mädels doch ihre Posiealben nach Herzenslust austauschen und sich die Finger krumm und wund schreiben, bis sie grün werden! Aber: Irgendwann kamen meine Schwestern dann eben auch zu mir, mit der Bitte um einen passenden Spruch fürs Posiealbum von Cousine Johanna, Klassenkameradin Elke oder Kommunionspaarpartnerin Maria, und bei fünfzehn Schwestern hatte das keinesfalls Seltenheitswert. Und das barsch ablehnen wollte man ja auch nicht, am Ende kam die Bitte eben doch von der Schwester, und erstens: Wer möchte es schon schuld sein, dass die eigene Schwester als „doofes Weib in Butter gebraten" in die Lepra-Ecke gerät, und zweitens: Man hätte es natürlich nicht zugegeben, aber ein bisschen lieb hatte man sie ja doch schon auch, alle fünfzehn, manchmal sogar ziemlich lieb, an Weihnachten zum Beispiel, wenn eh schon dieser liebliche Duft durch alle Zimmer waberte und außerdem Ferien waren, also hausaufgabenfreie Zeit, und ein bisschen hatte ich auch den Ehrgeiz, was „Eigenes" zu erfinden, einen Spruch, der sich eben nicht so doof und abgenutzt anhörte wie der übliche Schmonzes, was Intelligentes, ein bisschen was Ironisches vielleicht auch mal, aber ich weiß noch, mein Vorschlag „Am Himmel fliegt die Nachtigall, sie ruft dir zu ‚Du kannst mich mal!'" kam gar nicht gut an. Spätestens in dem Moment habe ich damals bei mir gedacht, ich weiß es noch ganz genau: Man kann es eben drehen und wenden, wie man will, aber Schwestern sind und bleiben bei genauerer Betrachtung ... Schwestern, und Gleichberechtigung hin, Posie her, die meisten Schwestern sind am Ende dann eben doch auch nichts anderes als ... Mädchen.

Die Fichtennadeltablette

Die Weltrevolutionen sind ja grundsätzlich an der Eifel vorbeigegangen, oder um es ganz korrekt auszudrücken: Der Eifeler hat die Weltrevolutionen grundsätzlich ignoriert, nicht an sich ran gelassen, weder die politischen, noch die technischen, von den geistigen wollen wir hier gar nicht reden.

Bis auf eine große Ausnahme, die dann aber auch gleich wie eine Bombe in der Eifel eingeschlagen ist, richtig: Die Fichtennadeltablette. Eines Tages war sie einfach da, niemand wusste genau, wo sie her gekommen war, das erste Auftauchen der Fichtennadeltablette im Konsum ist auch nicht mehr genau zurückzudatieren, aber spätestens in den sechziger Jahren hatte sie sämtliche Eifel-Haushalte erobert.

Bis dahin war der Samstag einfach nur der Badetag, nun plötzlich war der Samstag der Fichtennadeltag. Noch immer gab es Familien mit Zinkbadewanne in der Küche, in die kochend heißes Wasser direkt vom Herd kesselweise eingegossen und mit kaltem aus dem Eimer vermischt wurde, und dann badete erst Papa, dann Mama. Die Küche hätte man währenddessen gern abgeschlossen, wenn sie denn abzuschließen gewesen wäre, machte aber nichts, der Satz „Mama badet!" wirkte genauso gut wie Küche abschließen. Und dann ging das immer munter so weiter: Einer verließ die Zinkbadewanne, der nächste durfte rein, schön nach Alter gestaffelt, nach dem berühmten Orgelpfeifenprinzip. Gott sei Dank bin ich der Zweitgeborene und war das auch damals schon, hatte also noch lauwarmes Wasser, zwischendurch wurde auch immer mal wieder heißes nachgekippt, nicht allzu viel, aber doch ein bisschen, und weil die Volumen der Körper logischerweise von Person zu Person

mit dem Alter abnahmen, funktionierte das auch, ohne dass die Wanne überlief, ein ausgeklügeltes System.

Papa, Mama, mein Bruder und ich wurden auch noch einigermaßen sauber, bei meinen fünfzehn Schwestern bin ich da nicht so sicher, auf jeden Fall mit abnehmender Tendenz. Die letzten fünf hatten beim Verlassen der Wanne garantiert nicht weniger Dreck auf der Haut als vorher, eher etwas mehr, aber anderen, und Abwechslung im Leben soll ja vorteilhaft sein, nicht immer, aber manchmal eben doch.

In den sechziger Jahren gab es in privilegierten Familien allerdings auch schon extra Badezimmer, mit fest eingebauter Badewanne, ein Zimmer nur zum Zwecke des Badens, heute würde man sagen: „Wie geil ist das denn?!" Hätte das damals jemand gesagt, hätte er sich gleich eine eingefangen, heute ist das der alltägliche Standardspruch selbst bei der Opa-Generation. Klingt in meinen Ohren reichlich peinlich: „Wie geil ist das denn?!" aus dem Munde eines 70Jährigen – da kommt mir die nächste Floskel aus der Peinlichkeits-Ecke in den Sinn: „Hallo?! Geht's noch?!" – für meine Ohren ebenfalls schwer erträglich, aber wen interessieren schon meine Ohren?!

Dass das Zimmer nur allein zum Baden da war, stimmt ja auch nicht ganz, ein Klo war auch noch drin, und das war fast noch paradiesischer als die Badewanne. Im Winter nicht mehr raus müssen – durch den Schnee auf dieses zugige und stinkende Klohäuschen mit Plumpsklotechnik, „ett Drisshüssje", fünfzig Meter vom „Wannhuus", also vom Wohnhaus, entfernt. Ein Klo im Haus! Mit Wasserspülung! „Wie geil ist das denn?!" Das Wasser kam von ganz hoch oben aus so einem metallenen Kasten, der zehn Liter fasste und sich wie von Geisterhand selbst wieder füllte, nachdem man an der Kette gezogen hatte und die ganzen zehn Liter nach unten in die Schüssel gestürzt waren. Genau so stellte ich mir die Niagara-Fälle vor, als ich in der Schule erstmalig davon hörte, nur ohne Kette. Dieses „Wasserklosett" war für mich der erste große Luxus, den ich am eigenen Leibe erlebt habe, obwohl ich mit dem Begriff „Luxus" damals eher eine Seife in Verbindung gebracht hätte, schätze ich mal. Die hieß zwar „Luxor", hörte sich ja aber fast genau so an. Wir hatten keine „Luxor"-Seife, ich kannte sie aber aus der Reklame mit Marianne Koch: „Luxor-Schönheit auch für Sie. Warum Filmschauspielerinnen Luxor lieben!" oder so ähnlich. Da wir aber keine einzige Filmschauspielerin in der Familie hatten, kam Luxor für uns natürlich nicht in Frage, gab es außerdem im Konsum nicht, denke ich. Später gab es im Konsum eine Seife namens „Lux", immerhin, wir hatten „Palmolive". Die Zahnpasta „Blendax" und die Seife „Palmolive" – zwei feste Größen meiner Jugend, während das externe Klohäuschen mit Plumpsklotechnik ab einem gewissen Alter eben keine feste Größe mehr in meinem Leben war, Gott sei Dank! Als Sechsjähriger war ich in einem schrecklichen Alptraum mal durch dieses Loch in dem Plumpsklositzbrett durchgefallen und schreiend, um mich schlagend und schweißgebadet aufgwacht. Zum Glück wenigstens mit einem „w", das „schweißgebadet" meine ich. Hätte durchaus noch schlimmer kommen können, ohne „w" zum Beispiel! Mama eilte herbei, konnte mich aber kaum beruhigen. „War doch nur ein Traum!" sagte sie immer wieder und wollte wissen, was genau ich denn geträumt hätte. Ich schämte mich zwar fürchterlich, habe es ihr aber schließlich doch erzählt, war schließlich meine Mama. Das tat auch gut, dennoch beschloss ich für mich, künftig einen großen Bogen um diesen Ort des Horrors zu machen.

In den folgenden vier Monaten habe ich mindestens zehn Kilo abgenommen, ich verweigerte jede Nahrungsaufnahme, so hoffte ich, den Besuch des „Drisshüssjens" vermeiden zu können. Das wusste ich nämlich genau von der Kaffeemühle: Wenn du oben nix einfüllst, kommt unten auch nix raus. Funktionierte auch tatsächlich, auch bei mir. Pinkeln konnte ich ja in die Dahlien vorm Haus, die waren auch näher, und an der Stelle gediehen dann die prächtigsten Blüten, die ich in meinem Leben gesehen habe, in einem satten Orange, und richtig prall leuchtend.

Mama machte sich große Sorgen um mich, und kurze Zeit später fing Papa an, neben der Küche rumzuhämmern, Botteramme Hein kam mit allerhand seltsamen Gerätschaften vorbei, er war der Dorf-Installateur, hatte das nicht gelernt, war eigentlich Landwirt, vierzehn Kühe, ein paar Schweine, jede Menge Hühner, wie eigentlich jeder im Dorf, der eine ein paar Kühe mehr, der andere ein paar weniger, aber Botteramme Hein hatte sich offenbar ein profundes Wissen auch in Sachen Rohre, Wasser, Dichtungen, Becken und so weiter angeeignet und hatte in der Scheune ein ganzes Regal voller Ersatzteile, die alle damit zu tun hatten.

Kurz und gut: Ein Badezimmer wurde gebaut! Mit Klo! Für mich eine Erlösung, und außerdem der finale Beweis: Eine Diät kann sich doch lohnen! Konnte! Heute eher nicht mehr, weil ja alle längst ein Badezimmer haben, sogar mit so einem modernen Klo ohne Kette.

Wir wollen aber bei allem berechtigten Jubel über das Klo die Badewanne nicht vergessen, daher hat ja das Zimmer seinen Namen, sonst wäre es schließlich ein Klozimmer, gibt es ja heute auch längst, nennt sich „getrennte Toilette" oder auch

„Gästeklo", ein kleiner Raum nur mit Klo, in gewisser Weise ein Rückschritt in Richtung Plumpsklo, aber nur in gewisser Weise, Gott sei Dank!

Wir kriegten natürlich auch eine Badewanne, und zwar so eine vornehme weiße. Mit einem Mal hatten wir nicht mehr so eine vorsintflutliche Zinkwanne, nein, eine blütenweiße, weiß emailliert – nennt man das so? Die sah jedenfalls dermaßen strahlend weiß aus, mein erster Gedanke war: Die ist doch viel zu schade zum Baden, die darf man doch nicht dreckig machen!

Ich konnte anfangs stundenlang auf dem Klo sitzen, solange die anderen Familienmitglieder mich ließen, nicht, weil ich gemusst hätte, nein, einfach so, mit Hose hoch, auf dem zugeklappten Klodeckel, nur, um diese Badewanne anzuschauen, wie sie da so stand in ihrer ganzen, vornehm glänzenden weißen Unschuld, da konnte ich mich gar nicht satt dran sehen. Und daneben ragte der Badeofen in die Höhe, hatte was von einer Dampflokomotive, das ganze Arrangement, die Wanne war die Lok, der Ofen der in den Himmel ragende Schornstein, das war meine Phantasie dabei, nur eben statt in Dampflokschwarz in Wannenweiß. Der Ofen war allerdings einen Tick dunkler getönt, mehr beige. Ich wusste erst gar nicht, wozu das Lokomotivige an der Badewannenkonstruktion gut sein sollte, die Wanne hatte schließlich keine Räder, und durchs Badezimmer liefen auch keine Schienen, aber ich habe es dann schnell begriffen: Unten wurde geheizt, und der ganze obere Teil des Schornsteins war voller Wasser, das dann erhitzt in die Wanne eingelassen werden konnte, durch einen Wasserhahn. Man brauchte weder Kessel, noch Eimer, und man konnte an dem Wasserhahn sogar einen Hebel auf Blau drehen, dann kam kaltes Wasser, genial! Ob das eine Idee von Botteramme Hein war, weiß ich

nicht, ich vermute aber schon. Ich finde, man hätte dem Hein eigentlich einen aus beigem Granit gemeißelten Badeofen mit Wasserhahn und Drehhebel mit rotem und blauem Punkt als Grabstein auf den Friedhof setzen sollen, das wäre ja wohl das Mindeste gewesen, ist aber nicht geschehen, für mich bis heute völlig unverständlich.

Ansonsten änderte sich am samstäglichen Bade-Zeremoniell aber nichts, außer, dass man das Badezimmer tatsächlich abschließen konnte, Sie ahnen es schon, genau: Dank Botteramme Hein, logisch!

Aber sonst: Same procedure as every Saturday. Erst Papa, dann Mama und so weiter. Einen großen Vorteil hatte die weiße Wanne schon: Wenn alle neunzehn durch waren, Papa, Mama und die siebzehn Kinder, war der Dreckrand zehn Zentimeter unter der Wannenoberkante auf weißem Grund doch erheblich eindrucksvoller als in der Zinkwanne. Beim Anblick dieses unübersehbar markanten Randes konnte niemand in Zweifel ziehen, wie nötig so ein samstägliches Bad für alle neunzehn gewesen war, na ja, sagen wir, zumindest für die ersten fünf, ich habe das Thema ja weiter oben schon angesprochen, aber auch für die Kleinen war das Bad keinesfalls so nutzlos, wie der eine oder andere an dieser Stelle vielleicht mutmaßen mag, denn, das weiß man ja heute, so eine Dreckschicht auf der Haut ist durchaus gesundheitsfördernd, weil sie Bakterien abhält und die Haut-Flora konserviert, im Einzelfall sogar auch die Haut-Fauna.

Und nun, nach einem doch arg ausschweifenden Umweg, ich gebe es zu, zum eigentlichen Thema dieser kleinen, aber zentralen Episode aus der Kulturgeschichte der Eifel: Dann kam nämlich die Fichtennadeltablette, ein Quantensprung im Leben und Baden am Eifel-Samstag. Diese Fichtennadeltablette wurde ins heiße Baderwasser geschmissen, löste sich dort perlend auf, bildete auf der Wasseroberfläche einen wunderbar flockig leichten Schaum und verbreitete in Nullkommanichts einen paradiesischen Fichtennadelduft nicht nur im Badezimmer, sondern auch nach und nach im ganzen Haus. Auch man selbst duftete noch stundenlang wie frisch fichtennadelisiert, phantastisch! Am liebsten wäre ich nach dem Baden nackt rumgelaufen, weil ich befürchtete, die Klamotten würden den göttlichen Duft killen, aber das ging natürlich nicht, nackt rum laufen, um Gottes willen, da hätte ich mir auch ohne den Ausruf „Wie geil ist das denn?!" dermaßen eine eingefangen, dass der Genuss deutlich getrübt gewesen wäre, und ich wollte so intensiv und so lang andauernd wie eben möglich die höchsten Gipfel des Fichtennadel-Rauschs erklimmen, das stand über allem anderen. Und das ist wohl auch genau der richtige Begriff: Fichtennadel-Rausch! Ich denke heute, wir Eifeler waren damals durchaus eine Zeit lang fichtennadelsüchtig, wir hingen sozusagen an der Nadel. Vermutlich ist das Phänomen deswegen auch wieder verschwunden, wegen des erhöhten Sucht-Potenzials. Okay, Fichtennadeltabletten gibt es auch heute noch, aber dieser exzessive, fast schon kommunenmäßige Konsum im geschlossenen Familienverbund ist zumindest in der Eifel heute nicht mehr gegeben. Es würde sich sicher lohnen, mal bei anderen primitiven Urvölkern Nachforschungen anzustellen, ob die vielleicht noch in diesem Stadium sind.

Ob man diesen euphorischen Zustand in der Eifel noch mal wiederherstellen, die Stellschrauben der Entwicklung wenigstens ein bisschen in Richtung Paradies zurückdrehen kann – ich habe meine Zweifel, habe mir aber schon mal überlegt,

ob ich nicht übers Internet einen Fichtennadel-„Flashmob" organisieren sollte. Die Vorstellung ist durchaus verlockend: Hunderte von Menschen treffen sich im Eifeldorf, werfen Fichtennadeltabletten in den Dorfweiher und springen dann mehr oder weniger angetörnt ins schäumende Wasser, wäre auch für die Schwäne im Teich mal was Neues.

Damals bin ich übrigens im Sommer öfter in den Wald spaziert und mit meiner Nase ganz nah an die Nadeln der Fichtenbäume rangegangen: Null, nichts, kein Vergleich, dufttechnisch eine herbe Enttäuschung, von Rausch nicht der Hauch einer Spur!

Man stößt eben im Leben immer wieder auf Situationen, selbst in der tiefen, reinen Eifel, da helfen einfach nur Tabletten.

Das halbe Schwein

Die Haus-Schlachtung war früher in der Eifel von zentraler Bedeutung. Wir hatten zwar kein einziges Schwein, machte aber nichts, denn wir kriegten jedes Jahr ein halbes von unserem Nachbarn, und das wurde bei uns auf der Wiese geschlachtet, von Günther, dem Sohn unseres Nachbarn. „Dä Jünnt" war etwa zehn Jahre älter als ich und hatte Metzger gelernt, sah allerdings eher aus wie ein Stuntman, mal hatte er den Arm in Gips, dann waren ihm drei Finger wieder angenäht worden, einmal trug er sogar wochenlang einen Kopfverband. Beim Versuch, ein Rind mit einem Bolzenschussgerät ins Jenseits zu befördern, hatte sich das Tier als extremer Dickkopf erwiesen, der Bolzen war abgeprallt und hatte anschließend Günthers Kopf getroffen, „Jünnt" hatte aber zum Glück einen mindestens genauso harten Dickschädel wie das Rind. Die Freude über den Trick mit dem reflektierten Bolzen konnte das Rind übrigens nur sehr, sehr kurze Zeit genießen, und vor allem kein zweites Mal.

Das Wort „Standmänn" kannten wir in der Eifel damals durchaus schon. Wir wussten zwar nicht, wie das geschrieben wird, und erst recht nicht, was das eigentlich mit einem „Stand" zu tun hatte, denn Arnim Dahl, so hieß der damals berühmteste, vermutlich sogar einzige „Standmänn" Deutschlands, der machte eigentlich nichts aus dem Stand, sondern immer mit Anlauf, sprang von Hochhäusern, lief über fahrende Züge, und sein dollster Trick war der Sprung mit Anlauf durch eine Glasscheibe. In jeder Fernsehunterhaltungssendung von Rang sprang irgendwann Arnim Dahl durch eine Glasscheibe und blieb dabei immer unverletzt. Vielleicht wäre das auch tatsächlich eher was für den Günther gewesen, „Standmänn

Jünnt", vielleicht aber auch nicht, denn dieser Arnim Dahl hatte sich bei seinen Sprüngen von Häusern, durch brennende Holzwände oder aus dem Hubschrauber auf ein fahrendes Auto schon sämtliche Knochen im Leib gebrochen, die ein Mensch hat, und das sind jede Menge, das wusste ich genau, und zwar von dem Skelett, das wir in der Schule hatten, im Biologie-Unterricht, das hieß übrigens Anton, warum, weiß ich bis heute nicht. Jedenfalls waren die Metzgers-Verletzungen vom „Jünnt", so schlimm die auch manchmal waren, nichts gegen die Knochentrümmerbrüche von Arnim Dahl, dessen Lebensmotto übrigens lautete: „Lieber zehn Minuten Angst, als einen Monat arbeiten!", das verkündete er immer wieder, toller Typ!

Und wenn er mit seiner rauchigen Stimme, die kam sicher von den vielen Hüpfern durchs Feuer, von seinen Sprüngen, Brüchen und Gipsverbänden erzählte, dann war das fast so spannend wie wenn Luis Trenker im Fernsehen in seiner blumigen Sprache weitschweifig ausmalte, wie er zusammen mit dem Huber-Sepp bei heftigstem Schneesturm mitten in der Eigernordwand hing und dem Bergtod so eben noch von der Schippe gesprungen war. Der Luis Trenker war damals schon an die hundert Jahre alt, und weil er also nicht mehr allzu viel Zeit hatte, das war zumindest meine Vermutung, sprach er in einer so rasenden Geschwindigkeit, dass Dieter Thomas Heck in der ZDF-Hitparade dagegen ein Zeitlupenplauderer war. Stand da, der Luis, und schwadronierte fünfundvierzig Minuten lang einfach nur drauf los, ohne Punkt und Komma, keine Couch, keine Gäste, kein Sänger aus Hollywood, nichts, nur der Luis und sein rasendes Mundwerk, und hatte dennoch Quoten, da können die bei „Wetten dass" heute nur von träumen.

Aber zurück zur Glasscheibe. Glasscheiben spielten damals im Fernsehen eine zentrale Rolle, nicht nur bei Arnim Dahl. Ich erinnere mich, dass ich, da muss ich wohl so zwölf gewesen sein, wahnsinnig fasziniert war, als bei „Vorsicht Kamera" mit Chris Howland zwei Männer eine große Glasscheibe über die Straße trugen – und alle wichen aus, Fußgänger machten einen Bogen, Autos hielten an, und der Witz war: Es gab gar keine Glasscheibe, das wusste ich spätestens, als nach fünf Minuten Arnim Dahl immer noch nicht da durch gesprungen war. Die taten nur so, als trügen sie eine große Schaufensterscheibe. Ich war total begeistert und hab das dann gleich am anderen Tag bei uns auf der Dorfstraße ausprobiert, hat aber überhaupt nicht funktioniert, möglicherweise, weil ich die Glasscheibe allein trug.

Aber was hat das alles mit der Haus-Schlachtung zu tun? – werden Sie fragen. Nichts! Ganz im Gegensatz zum Schwein unserer Nachbarn, das ich mir deshalb auch immer wieder mit einem begründeten Interesse angeschaut habe, vor allem, wie es heranwuchs. Wir mussten damals täglich nach dem Essen die Bioabfälle, hauptsächlich waren das Kartoffelschalen, in einem Eimer rüberbringen, „vörr datt Värrke!" sagte Mama, also für das Schwein. So ein Schwein war ja Fleischlieferant und grüne Tonne zugleich und produzierte auch noch Biodünger. Der Schweinemist stank zwar bestialisch, sollte aber auch besonders düngewirksam sein, weswegen wir immer ein paar Schubkarren voll davon rüberholen mussten, wenn die neuen Kartoffeln im Garten in den Boden eingesetzt wurden.

Hochinteressant das alles, begründet war mein Interesse beim Betrachten des nachbarlichen Schweins aber in erster Linie deswegen, weil ich ja eben wusste, dass wir später davon die Hälfte abkriegen würden. Das Tier löste bei mir zwei gegensätzliche Gemütsregungen aus: Mitleid mit der todgeweihten Kreatur – und eine gewisse Vorfreude auf die Produkte, die dann später bei uns im Keller zumeist in Gläsern als Eingemachtes landeten. Ich muss aber bekennen, die meisten dieser Produkte mochte ich überhaupt nicht, allen voran die Sülze, fand ich e-kel-haft, was meinen Vater zur Weißglut bringen konnte, aber Mama hatte ein Einsehen und hat mir nie Sülze aufs Schulbrot getan, da bin ich ihr heute noch dankbar für, und die Blutwurst war auch überhaupt nicht mein Ding, weder mit, noch ohne Speck. Wenn ich ganz ehrlich bin, war ich nur interessiert an der Leberwurst, aber auch nur an der feinen, die grobe war für mich fast so ungenießbar wie die Sonntagsbratwurst mit Knorpelstückchen, schon der Gedanke daran löste in mir Brechreiz aus, zu überbieten nur durch Pudding mit Haut und Knubbelen, das war, ist und bleibt für mich der absolute Gipfel denkbaren Ekels und Horrors.

Und dann habe ich des Nachbarn Schwein auch stets unter dem Gesichtspunkt betrachtet, welche der beiden Hälften wohl unsere sein würde. Als kleiner Junge wünschte ich mir von Herzen, dass wir nicht die Hälfte mit dem Kopf kriegen, sondern die mit dem Ringelschwänzchen, das war in meiner Vorstellung bei weitem angenehmer. Ich empfand es auch als schweinefreundlicher, die hintere Hälfte zu nehmen, manchmal hatte ich nämlich das Gefühl, das Schwein, speziell als es noch ein winziges und süßes Ferkelchen war, würde mich anlächeln, und ich wollte keinesfalls das Lächeln dieses doch eigentlich völlig unschuldigen Ferkels, das mir nie auch nur das Geringste angetan hatte, eines Tages in dieser oder jener Form auf meinem Teller liegen haben oder doch zumindest dafür verantwortlich sein, dass das Tier mit seinem Kopf auch dieses Lächeln verloren haben würde, was natürlich auch der Fall war, wenn wir die hintere Hälfte kriegten. Für mich ein Riesen-Problem, das auch nicht lösbarer wurde, als Mama mir erklärte, das Schwein würde längs geteilt, was mich einerseits beruhigte, mich andererseits aber auch in neue Verwirrung stürzte. Wir würden also einen halben Schweinskopf kriegen, das war mir gar keine angenehme Vorstellung, und auch die Längsteilung als solche nicht, zumal wir genau zu dem Zeitpunkt, als Mama mir diese Information gab, in der Schule jene komische Ballade von Ludwig Uhland über die Kreuzzüge auswendig lernen mussten: „Als Kaiser Rotbart lobesam zum heil'gen Land gezogen kam". Was mir auf Anhieb gefiel, war die Stelle „Viel Steine gab's und wenig Brot". Genau wie in der Eifel, hab ich gedacht, das war mir sympathisch, aber wo es dann um den hinter dem Heer zurückgebliebenen Ritter geht, der mit seinem Schwert auf einen heransprengenden Gegner eindrischt, was Uhland zu den einfühlsamen Zeilen veranlasste: „Zur Rechten sah man wie zur Linken einen halben Türken herniedersinken", da kam mir ganz spontan unser halbes Schwein in den Sinn. Nicht, dass Sie mich jetzt falsch verstehen, es ging mir nicht um den Türken als Türken, auch nicht um das Schwein als Schwein, und schon gar nicht um irgendwelche Verwechslungen oder Vergleiche, damals nicht, und heute auch nicht, nein, es ging mir um die von Menschenhand gespaltene Kreatur, das war es, was mich erschaudern ließ, bei der Vorstellung überkam mich einfach nur das kalte Grausen, damals und heute auch noch.

Wir Kinder durften übrigens beim Schweineschlachten nicht zuschauen, war strengstens verboten, aber dass Günther mit einer Axt anrückte, verhieß schon mal nichts besonders Angenehmes für das Tier, und bis hoch in die Küche hörten wir das arme Wesen jämmerlich quieken, bis dieses, das Quieken, dann jäh erstarb, und nicht nur das Quieken. Und kurz danach stank es ganz eklig, ich hab dann verbotenerweise doch mal durch die Gardinen gespinkst und gesehen, wie Günther und seine Helfershelfer mit brennenden Strohpuppen immer und immer wieder auf das tote Schwein eindroschen. Da wurde mir klar, die verbrannten Borsten waren es, die so zum Himmel stanken, wie eine gesengte Sau, und etwas später sah ich Günther mit einem Eimer Blut in der Hand, Gott sei Dank war unser Klo direkt neben der Küche.

Zum Hühnerschlachten wurde „dä Jünnt" nicht gerufen, das musste ich tun, schon als relativ kleiner Junge. Wir hatten etwa dreißig Hühner, in erster Linie sollten sie Eier legen, aber ab und an wurde eben auch eins geschlachtet. Unser Vater konnte oder wollte nicht, das hatte wohl mit den Erlebnissen seiner späten Jugend zu tun, für irgendwas muss der Krieg ja gut gewesen sein, meine fünfzehn Schwestern kamen natürlich eh nicht in Frage, weil sie Mädchen waren, außerdem dauerte es ja eine Zeit, bis wirklich alle fünfzehn da waren, aber ob eine oder fünfzehn, vollkommen egal, zum Hühnerschlachten vom Schöpfer nicht vorgesehen, das war ein ungeschriebenes Gesetz, das vermutlich auf Moses zurückging, und mein älterer Bruder sollte Pastor werden, das war schon am Tag seiner Geburt beschlossen worden, also fiel der auch aus, man wusste ja nicht, was alles noch aus dem hoch talentierten Knaben werden würde, das Buch „Ein Bauernbub wird Papst", die Lebensgeschichte von Pius X., konnte er schon mit drei Jahren von der ersten bis zur letzten Zeile auswendig, und ein Kardinal, der als Kind ein bekannter Hühnermörder war, könnte später im Konklave beim Erklimmen der allerletzten Karrierestufe womöglich Probleme kriegen.

Also blieb nur ich, und diese bekannte Nummer, die jeder zu erzählen weiß, ist mir tatsächlich auch passiert, Einzelheiten will ich Ihnen ersparen, nur so viel: Mein erstes geköpftes Huhn lief, nachdem ich es im spontanen Schockekel losgelassen hatte, noch die ganze Wiese runter, bis es sich nach rund dreißig Metern in der Hecke verfing. Was Wunder, es sah ja nichts mehr.

Schlimmer traf mich allerdings die Geschichte mit meinen Kaninchen. Ich hatte schon als kleiner Junge vier Kaninchen, sogenannte belgische Riesen, in zwei Ställen, je zwei zusammen, damit sie nicht so einsam waren. Darunter war ein weißes mit roten Augen, die anderen waren eher grau, schwarz oder beige, oder von allem etwas. Ich liebte meine Kaninchen und kümmerte mich auch um sie, als wären sie meine eigenen Kinder, was sie in gewisser Weise auch waren. Jeden Morgen, noch vor dem Schulbus, raste ich flott ins nahe „Knippengässchen", einen wild bewachsenen, schmalen Feldweg, der runter zu den Wiesen an der Talsperre führte, der Perlbachtalsperre, und pflückte schnell ein wenig Frischfutter für meine Lieben, ich wusste genau, was sie bevorzugten, Bärenklau zum Beispiel, Wegerich und Löwenzahnblätter, zurück damit im Laufschritt zu den Ställen, alles gerecht verteilt, und dann ab zum Schulbus, jeden Morgen, solange die Vegetation was hergab, im tiefen Winter natürlich nicht. Ab Frühjahr kamen sie regelmäßig raus aus den engen Ställen, die ich übrigens höchstpersönlich einmal in der Woche ausmistete, auch ein sensationeller Dünger fürs Kartoffelsetzen, noch besser als

Schweinemist, dann kam frisches Stroh in die Ställe, und meine belgischen Riesen fühlten sich vermutlich wie ich am Samstag nach dem Fichtennadelbad. Für den Aufenthalt im Freien hatte ich eigens einen Laufstall gebaut, aus Latten und Maschendraht, ein Meter fünfzig mal zwei Meter fünfzig, und wenn sie die frisch sprießende Botanik auf dieser Fläche weggefressen hatten, wurde der Laufstall verschoben, das ersparte nebenbei auch noch den Rasenmäher.

Was für eine Idylle – werden Sie sagen, der Kleine und seine geliebten Kaninchen! Und genau das war es auch, eine Idylle! Bis die Karwoche kam. Zu Ostern gab es nämlich, Sie ahnen, nein, Sie wissen es natürlich längst, gab es – Kaninchenbraten. Immerhin durfte ich das Tier aussuchen, das geschlachtet werden sollte, ein Privileg, das mich wahre Freudensprünge vollführen ließ, wie sich jeder denken kann.

Und dann war Günther wieder gefragt, „dä Jünnt" erschien mit Gipsarm, Kopfverband, je nachdem, manchmal auch humpelnd, und mit einigen sehr scharfen Gerätschaften, und ich musste ihm zur Hand gehen, während mein Bruder in der Wohnküche vor dem Marienaltärchen schon mal die passende Mimik für „Urbi et Orbi" einübte, da kann man ja nicht früh genug mit anfangen. Allein hätte ich ein Kaninchen nicht schlachten können, wegen des Ausnehmens, ich kannte mich mit den Innereien nicht so aus. Bei den Hühnern machte Mama das, bei den Kaninchen „dä Jünnt". Er band das arme Tier an den Hinterbeinen an eine der Stangen von der Wäscheleine und machte dann das, was aus seiner Sicht zu tun war, und ich stand die ganze Zeit daneben, um ihm zur Hand zu gehen. Genau genommen gab es für mich nichts dabei zu tun, aber schließlich war ich der einzige richtige Mann in der Familie, und das wollte ich natürlich auch zeigen, ein Kreuzritter bei seiner Pflichterfüllung, nur eben nicht im Orient, sondern in der Eifel. Wenn Ludwig Uhland mich dabei erlebt hätte, es wäre nicht ganz ausgeschlossen, dass ich in einer seiner Balladen verewigt worden wäre. Nur, wenn ich an den Türkenspalter denke, sollte ich froh sein, dass es nicht so gekommen ist. Das festliche Ostermahl war dann für mich ein absoluter Höhepunkt des Jahres, das kann sicher jeder lebhaft nachempfinden.

Und wenn es Nachwuchs gab im Kaninchenstall, das passierte ab und an, dann war meine Freude trotz allem gigantisch. Wo das alles enden würde, versuchte ich in solchen Momenten zu verdrängen, was auch meistens gelang, es gibt ja nichts Süßeres als kleine Kaninchen. Doch, kleine Küken vielleicht, sobald sie die ersten flaumigen, gelben Federchen haben, super-süß! Und so flauschig weich! Haach! Die Kaninchen-Babys sind auch erst süß, wenn sie ihr Fell bekommen, als nackte Neugeborene sind sie, Mäusen ähnlich, nicht sehr ansehnlich, aber wenn sie dann nach wenigen Wochen als kleine Wollknäuel durchs Stroh hoppelten: Umwerfend! Da baute ich gern auch schon mal einen weiteren Stall, was aber nicht immer unbedingt nötig war, denn die Zahl der Bewohner der vorhandenen Ställe reduzierte sich ja jeweils vor Ostern, eine mögliche Ursache für eine dramatische Überbelegung war damit praktisch schon mal gegessen. Okay, wenn plötzlich fünf oder sechs kleine Kaninchen da waren, kam es mit deren Heranwachsen schon schnell mal zu einer Wohnraumverknappung, aber irgendwo im Dorf wuchsen ja auch immer wieder kleine Kinder heran, der Eifeler vermehrt sich bekanntlich gern, eine seiner liebsten Freizeitbeschäftigungen, vor allem an kalten Winterabenden im Kreise der Familie, und meine Kaninchen-Babys waren bei

kleinen Kindern sehr gefragt, äußerst beliebt, als Geschenk stets willkommen. Die Eltern wehrten sich zwar meist dagegen, gaben der Nörgelei ihrer Brut aber meist irgendwann nach, dann hatte man seine Ruhe und zudem an Ostern eine Sorge weniger. Ich gab meine noch winzigen belgischen Riesen gerne ab an die Kinder im Dorf – warum sollte es den Blagen besser ergehen in ihrem weiteren Leben als mir?!

Festzuhalten bleibt: All die geschilderten Widrigkeiten in meiner Kindheit und Jugend haben mich nur noch weiter bestärkt in meiner Grundhaltung als leidenschaftlicher Tierfreund, der ich heute mehr denn je bin. Ich darf sogar behaupten: Tierfreund bin ich heute fast so leidenschaftlich wie Vegetarier.

Datt Deng kritt keen Masse

Ich war sieben, maximal acht, als ich zu Weihnachten einen gelben Spielzeugbagger geschenkt kriegte, aus Blech, mit Ketten zum Schaufelhochziehen und Wiederrunterlassen, und jetzt kommt's: Die Ketten ließen sich mittels zweier Hebel elektrisch bedienen, im Inneren befand sich nämlich eine Batterie, so eine große, klobig-viereckige von Varta. Selten habe ich mich über ein Weihnachtsgeschenk so sehr gefreut wie über meinen gelben Blechbagger mit Batterie. Umso größer der Schock, als schon am zweiten Weihnachtstag die Elektrik total versagte, nichts bewegte sich mehr. Papa fummelte die Batterie raus, hielt sich die beiden Blechkontakte an die Zunge, zuckte kurz zusammen und sagte: „Strom hat se." Ich hab das mit der Zunge dann auch probiert, erst ein Mal und später dann immer öfter, speziell im Winter, da waren die Kühe ja im Stall, die elektrischen Zäune auf den Wiesen also abgeschaltet, so dass es absolut keinen Sinn machte, dagegen zu pinkeln, und da war die Batterie an der Zunge durchaus ein Ersatz, kein voller, aber es prickelte schon ganz ordentlich, besser als gar nichts, „besser äss nüühß!"

Aber an jenem zweiten Weihnachtstag interessierte mich nur eins, nämlich, wie mein gelber Blechbagger wieder ans Funktionieren kommen könnte.

Gott sei Dank war unser Nachbarsbauer technisch sehr versiert, Hoppse Nöbb, der stand den halben Tag in seiner Garage und war mit komplizierten Experimenten beschäftigt. Nöbb hatte sich aus alten Teilen von Hanomag, Fendt und Deutz, weiß der Teufel, wo er die her hatte, sogar einen kompletten Traktor zusammengebaut, der allerdings, wollte man ihn zum

Laufen bringen, nicht nur ein feines Händchen benötigte, sondern vor allem auch viel Zeit. Nöbbs Trecker musste noch per Schwengel in Betrieb gesetzt werden. Übrigens: Bevor jetzt irgendwelche Besserwessis mir Tausende von E-Mails schicken, es hieße „Träcker" mit „ä", weil es im Hochdeutschen ja auch „Traktor" mit „a" heiße, weise ich das an dieser Stelle schon mal prophylaktisch und auch entschieden zurück: Der Traktor heißt „Traktor", weil er was zieht, und „ziehen" heißt im Lateinischen „trahere", daher das „a", und was heißt „ziehen" auf Platt? Richtig: „Trecke" mit „e"! Noch Fragen? Man kennt das ja auch vom Begriff „Trekking" für „Wandern", schreibt sich zwar mit Doppel-„k" statt mit „ck", der Wortstamm ist aber derselbe, und beim Trekking ist es ja auch so, dass die Geübten die Ungeübten spätestens nach zwei Kilometern mitziehen müssen, über den Rest der Strecke ist es dann ein einziges mühsames „Trekking", weswegen ich grundsätzlich nur alleine losziehe und das dann konsequenterweise auch nicht „Trekking" nenne, auch nicht „Wandern", sondern „Spazierengehen". Ich spiele auch nicht „Badminton", sondern „Federball". Wenn ich ganz ehrlich bin: Ich gehe schon lange nicht mehr spazieren, und wann ich zuletzt Federball gespielt habe, daran kann ich mich gar nicht mehr erinnern. Was ich wohl habe, ist ein „Trekking-Rad", das ich aber vermutlich völlig falsch benutze, ich setze mich einfach drauf und radle zum Bäcker und wieder zurück, fertig – statt das Ding zu ziehen, wie es ja sicher korrekt wäre, „politisch korrekt" – oder passt das hier nicht? Ich benutze den Begriff sehr oft, „politisch korrekt", ich finde, das klingt so schlau und so wunderschön kompetent, und ich habe dafür auch noch nie Widerspruch erfahren, woraus ich schließe, dass die anderen auch nicht wissen, was genau das eigentlich ausdrücken soll, „politisch korrekt", und dann hält man ja am besten die Klappe, das ist wie beim Witz, nur umgekehrt – da lachen immer die am lautesten, die ihn nicht verstanden haben. „Trekking-Rad" – was für ein dämlicher Ausdruck, würde mich nicht wundern, wenn man heute einen „Zieh-Sohn" längst „Trekking-Sohn" nennt, verrückte Welt. Jedenfalls fahre ich mit meinem Trekking-Rad nur bis zum Bäcker, ab und zu auch schon mal zur Post, als Sportgerät benutze ich es nicht, kommt für mich überhaupt nicht in Frage, Sport ist generell eine Sache, die ich gesundheitlich gar nicht vertrage und deshalb auch konsequent vermeide, da halte ich es mit dem alten Winston Churchill: „No Sports!", das war ja dessen stereotype Antwort auf die Frage nach dem Geheimnis seines hohen Alters, und Churchill ist immerhin neunzig geworden. Mit den Konsequenzen meiner Sport-Allergie muss ich mich natürlich arrangieren: „Es ist verwunderlich, dass du überhaupt noch lebst!" – ein Satz, den ich mindestens drei Mal pro Woche zu hören kriege. Es ist ja gut gemeint, ich weiß, und beim letzten Klassentreffen habe ich mich wirklich fast in mein Weizenbier hinein geschämt, dass ich immer noch zu den Dreien ohne künstliche Hüfte gehöre, und als ich gestehen musste, dass ich auch kein Smartphone besitze, nicht mal ein simples Handy, sank mein Ansehen schlagartig unter Null, aber das ist nun mal die reine Wahrheit, und ich verspüre auch keinen allzu starken Drang, daran etwas zu ändern, weder, was das Smartphone anbelangt, noch die künstliche Hüfte, ich war schon als Kind gegen jede Art von modernistischem Schnickschnack, ausgenommen meinen Blechbagger. Puuuh, jetzt habe ich die thematische Kurve aber so gerade noch gekriegt. Nöbbs Trecker, da waren wir stehen geblieben, musste per Schwengel in Gang gesetzt werden. Jeden Morgen, kurz nachdem es vom Kirchturm Sechs geschlagen hatte, hörte man ein erstes, aber sehr lautes, fast explosionsartiges „Tack", dann herrschte erst mal eine halbe Stunde lang Totenstille, ehe ein zweites „Tack" folgte, nach weiteren zwanzig Minuten ein drittes, und so gegen Acht hatte der Motor seinen Lauf gefunden, Nöbb inzwischen ausgiebigst gefrühstückt, zwei, drei kleinere Garagen-Experimente vorangetrieben, und anschließend konnte er sich dann auf seinen Eigenbau schwingen und in Richtung Feld davontackern, mit geschätzten fünf Stundenkilometern, wenn er den Pinn wirklich voll durchdrückte.

Ich sollte noch erwähnen, dass Nöbb zwar wirklich viel Zeit in seinem Garagen-Labor verbrachte, aber außer seinem Traktor über die Jahrhunderte nie ein nennenswertes Resultat vorweisen konnte. Der Weg ist das Ziel, das ahnte ich damals schon. Nöbb ahnte es vermutlich nicht, er wusste es ganz genau, der Weg ist das Ziel, und das wusste er, obwohl wir kein einziges Werk von Konfuzius bei uns in der Borromäus-Bibliothek hatten, da hatten wir nicht mal ein Buch mit lateinischen Zitaten, noch bis vor kurzem dachte ich, „Carpe diem!" hieße auf Deutsch „Vorsicht bissiger Hund!", nur weil unsere Borromäus-Blibliothek nicht vernünftig bestückt war.

Nöbb hat meinen gelben Blechbagger mehrere Tage auf seinem Labortisch gehabt und sich sehr intensiv damit beschäftigt, das konnte ich aus unserem Küchenfenster genau beobachten. Zu behaupten, seine Bemühungen hätten nichts gebracht, trifft die Sache nur unzureichend, immerhin hatte Nöbb eine eindeutige Fehler-Diagnose parat, er konnte den festgestellten Mangel eben nur leider nicht beheben, das sind ja zwei verschiedene Paar Schuhe. Nöbbs Diagnose lautete:

„Datt Deng kritt keen Masse!" Man muss wissen, dass es Nöbbs Eltern für mehrere Jahrzehnte ins Kölner Umfeld verschlagen hatte, dort hatten sie ein Milchgeschäft betrieben, und dort war Nöbb auch geboren worden, und als das Milchgeschäft nicht mehr lief, kehrten sie als Bauern in die Eifel zurück, daher ist die Kölsche Sprachfärbung bei Nöbb zu erklären: „Datt Deng kritt keen Masse!" Ein waschechter Eifeler ohne Emigrations-Hintergrund hätte ja gesagt: „Datt Dönk kritt keen Masse!" Immerhin: Nöbbs Diagnose-Spruch ist sehr schnell zu einem geflügelten Wort in unserer Familie geworden und später auch in der gesamten Verwandt- und Bekanntschaft: „Datt Deng kritt keen Masse!"

Und ich kann Ihnen nur ans Herz legen, das ebenfalls zu übernehmen. Wann immer Sie in Ihrem Leben an den Punkt kommen, wo Sie irgendwas nicht genau erklären können, sagen Sie mit der festen Stimme des Wissenden, dem Brustton der Überzeugung: „Datt Deng kritt keen Masse!", ohne dabei Nöbbs selbstsicheren Gesichtsausdruck zu vergessen, der keinen Zweifel duldete, und Sie werden überrascht sein, welche Erfolge Sie damit in Ihrem Umfeld erzielen. Da wagt niemand mehr, auch nur noch fragend zu blicken, und das Schöne ist, das funktioniert eigentlich auf allen Feldern des menschlichen Daseins: Auto springt nicht mehr an, der PC ist auf einmal total lahm, der Föhn bläst nur noch kalt, die Ehefrau outet sich als Mann – lauter Ereignisse, die einen schnell aus der Fassung bringen können und haargenau der richtige Augenblick für ein ebenso beherztes wie überzeugtes „Datt Deng kritt keen Masse!" Sie halten mich an dieser Stelle vielleicht für verrückt, gut möglich, aber einen Versuch ist es doch allemal wert: „Datt Denk kritt keen Masse!"

Das Wetterhäuschen

Immer noch ist strittig, ob das Fernsehen die Eifel eroberte, bevor der Wetterbericht ins Fernsehen kam, oder ob es umgekehrt war.

Ich weiß nur: In meiner Kindheit gab es nicht mal in Kalterherberg eine Wetterstation, und Jörg Kachelmann spielte damals noch in irgendeinem Schweizer Sandkasten, vermutlich jeden Tag mit einer anderen Freundin, was aber keinen Einfluss auf das Wetter gehabt haben dürfte, in der Eifel schon gar nicht, die manche auch gern „die deutsche Schweiz" nennen, eine bergige Landschaft, in der schweigende, nicht mal an sich selbst so richtig interessierte Menschen in Zeitlupe den Tag tot zu kriegen versuchen.

Die Wetterlage interessierte die Eifeler allerdings schon, und nicht zu knapp, die meisten lebten schließlich von der Landwirtschaft, und da war das Wetter von entscheidender Bedeutung. Wenn im August am Sonntag bestes Heuwetter war, kam es vor, dass unser Pastor im Hochamt von der Kanzel aus das sonntägliche Arbeitsverbot kraft seines Amtes aufhob, und schon stürmten alle unmittelbar aus der Kirche auf die Felder. Ohne den ausdrücklichen Segen des Pastors hätte sich das niemand getraut. Als Kind habe ich mich immer gefragt, wieso sich eigentlich die Kühe ausnahmslos so extrem kirchenfeindlich verhielten, grundsätzlich produzierten sie auch sonntags Milch, „als täten s'ett extra!" sagte meine Oma, die Kühe mussten also auch sonntags gemolken werden. Trotzdem habe ich nie gehört, dass eine Milchkuh exkommuniziert worden wäre, aber die Kühe wurden ja auch nicht getauft oder gefirmt und durften also auch nicht zur Erstkommunion – das hatten sie davon! Obwohl: Als unser Kommunionsjahrgang sich zum fünfundzwanzigjährigen Jubiläum traf, habe ich bei mancher Teilnehmerin schon im Stillen gedacht: „Die Kuh war damals wirklich auch dabei?!" Gut, dass ich nicht mitgekriegt habe, was die über mich gedacht hat.

Lange vor dem Fernsehzeitalter und noch länger vor der Wetterstation in Kalterherberg wusste der Eifeler schon ziemlich genau, wie das Wetter sich entwickeln würde. Dazu gab es zwei entscheidende Hilfsmittel, das erste war „ett Barometer". Das runde Ding aus Holz mit Glasfenster, beweglichem Zeiger und raffinierter Skala hing irgendwo an der Wand, meistens nicht weit entfernt von dem kleinen Weihwasserbecken aus Metall oder Keramik, hinter dem ein gesegnetes Buchsbaumsträußchen von Palmsonntag klemmte. Beides hatte ganz sicher einen positiven Einfluss auf „ett Barometer" – und damit auf „ett Wäer", das Wetter. Jedes Mal, wenn Papa am Barometer vorbeikam, klopfte er mit spitzem Zeigefinger, genaugenommen mit der Kante des Fingernagels, auf die Glasabdeckung, und dann waren drei Kommentare möglich: „Nüühß!" bedeutete: Der Zeiger war auf dem letzten Stand stehen geblieben, „Vällt!" – der innere Zeiger war gefallen, was eine Nachjustierung am Stellschräubchen des Markierungszeigers im Glaszentrum erforderlich machte, bis beide Zeiger deckungsgleich übereinander lagen. „Vällt!" bedeutete zugleich: Ein Tief ist im Anmarsch. Wenige Millimeter machten den Bock nicht fett, aber ein „Vällt baschtisch!" signalisierte schon einen Wetterumschwung. Ob der dann auch tatsächlich eintrat, stand allerdings auf einem ganz anderen Blatt. „Steescht!" („Steigt!") war logischerweise alternativ die Ansage eines Hochs. Und Papa kam oftmals am Tag am Barometer vorbei, und jedes Mal war ein Klopf-Check

fällig, das war ein Reflex, wie das Eintunken des Zeigefingers ins kleine Weihwasserbecken beim Betreten des Zimmers, mit anschließend flatterhaft angedeutetem Kreuzzeichen, war in Fleisch und Blut übergegangen, Automatismus, ging nicht anders. Ich bin sicher: Wäre Papa, aus welchem Grund auch immer, ein einziges Mal am Barometer vorbeigegangen, ohne darauf zu klopfen, hätte ihn das, sobald ihm das bewusst geworden wäre, in eine tiefe Sinnkrise gestürzt. Ist aber nie passiert, jedenfalls nicht in meiner Gegenwart, Gott sei Dank! Da hätten in meinem Unterbewusstsein sofort sämtliche Alarmglocken geschrillt, da bin ich ziemlich sicher, eine so unerhörte Begebenheit hätte mich spontan aus meinem inneren Gleichgewicht gerissen und nicht nur mich. Nebenbei bemerkt: Eine Sinnkrise in der Eifel – ist das nicht der berühmte Widerspruch in sich?

Wenn Papa mal nicht da war, erlaubte ich mir auch schon mal, auf „ett Barometer" zu klopfen, ich fühlte mich dann gleich viel erwachsener, obwohl ich lange Zeit einen Stuhl dafür brauchte. Ich hab den Markierungszeiger dabei versehentlich mal bis oben zum Anschlag gedreht, sozusagen auf zwölf Uhr, warum, weiß ich nicht mehr, das machte ja absolut keinen Sinn, so einen Luftdruck konnte es gar nicht geben, der zu dieser Zeigerposition gepasst hätte. Vermutlich hatte mich irgendwas erschreckt, vielleicht hatte ich Papa in dem Moment in der Treppe gehört, panisch an dem Ding gedreht, war vom Stuhl gesprungen, hatte mich blitzschnell in die Küchenbank gesetzt und das Tchibo-Heftchen in die Hand genommen, als säße ich da schon stundenlang, ich weiß es aber nicht mehr so genau.

Gott sei Dank war Mama die Haupt-Verdächtige, die stritt das zwar ab, aber für unseren Vater war das nur ein weiterer Beleg dafür, dass man einer Frau so ein intelligent und empfindlich konstruiertes Gerät einfach nicht anvertrauen konnte, die sollte sich lieber mit dem Waffeleisen beschäftigen, meinte er, das wäre nämlich so simpel konstruiert, dass ein Mann nie auf die Idee käme, sich damit abzugeben. Das sagte er nicht, hat er aber garantiert gedacht. Das Waffeleisen hing ja nicht mal an der Wand und hatte nicht einen einzigen Zeiger, für einen Eifeler Mann eine geradezu lächerliche Unterforderung.

Das Barometer dagegen war von Technik und Bedienung durchaus männerkompatibel, aber das Wetter zeigte es trotzdem nicht sehr zuverlässig an. Zum Glück hatte der Eifeler da aber noch ein Ass in der Hinterhand: Das Wetterhäuschen. Es war außen an der Wand montiert, und zwar so, dass man es vom Küchenfenster aus gut beobachten konnte, nicht sehr groß, weitaus kleiner noch als das Vogelhäuschen im Garten, das übrigens in gewisser Weise auch ein Wetter-Indikator war, wenn auch kein allzu fein und präzise justierter, aber immerhin: Wenn du auf dem Weg zum Aufhängen eines neuen Meisenrings am Vogelhäuschen weit und breit keinen Schnee mehr sahst, die Schneeglöckchen schon fast alle verblüht waren, die ersten Gänseblümchen aus dem Gras lugten, und wenn dann der Wandkalender neben der Küchentür auch noch Ende Mai anzeigte, dann konntest du ziemlich sicher sein: Der Winter ist so gut wie gelaufen.

Das Wetterhäuschen war vor allem eins: Lustig! Bei schönem Wetter erschien das fröhlich dralle Fräuchen mit dem roten Hut, bei miesem Wetter der dazu passende steife Miesepeter mit schwarzem Anzug und ebensolchem Zylinder. Das Fräuchen an unserem Wetterhäuschen hatte Pausbäckchen, rot wie sein Hut, farblich genau passend zum sonnengelben Dirndl, ich hatte es „Tant Luissje" getauft, zum Glück hatte es aber nicht die schäbige Lache vom echten Tant Luissje. Den Schlechtwetter-Gesellen taufte ich „Onkel Frrranz", der auch im richtigen Leben ein aufgeblasener Wichtigtuer in Frack und Zylinder war, als Vorsitzender des Turnvereins sonderte er bei seiner jährlichen großen Rede am Kriegerdenkmal mit übertrieben akzentuierter Sprechweise so lange seinen abartig gequirlten Quark ab, bis selbst der Himmel es nicht mehr aushielt und es anfing, in Strömen zu regnen, so dass die Menschen gleich zwei Gründe hatten, in Scharen davon zu laufen: Die Rede von Onkel Frrranz und den Regen. Comics gab es damals noch nicht, Comicfiguren schon, sogar lebendige, allen voran Onkel Frrranz, er rollte das „R" in seinen Ansprachen so furchterregend, dass es die Grenze zur Lächerlichkeit weit überschritt: „Liebe Mitbürrrrgerrr und Mitbürrrrgerrrinnen!" So gab es für uns Kinder auch am Kriegerdenkmal viel zu lachen. Bis der Regen kam.

Zwanzig Jahre früher wäre Onkel Frrranz mit seinem rollenden „R" womöglich eine große Nummer gewesen, in der passenden Uniform sowieso. In meiner Kindheit gab es ja überhaupt viele, die sich nicht nur nach der Rrreichsmarrrk zurücksehnten, viele davon sind inzwischen verstorben, dennoch soll die Zahl der braunen Reichsmark-Nostalgiker wieder rasant steigen. In deren Köpfen ist das tausendjährige Reich noch längst nicht tot – so viel zum „homo sapiens". Jedenfalls fand ich, der Name „Onkel Frrranz" passte hundertprozentig zu dem Stinkstiefel im Wetterhäuschen – und zu seinen miesen meteorologischen Prognosen.

Den Mechanismus des Wetterhäuschens habe ich bis heute nicht begriffen. Warum mal das fröhlich stumme „Tant Luissje" aus dem Häuschen hervorkam und mal der widerwärtige, Gott sei Dank aber ebenfalls stumme „Onkel Frrranz", für mich ein heiliges Rätsel. Manchmal kam auch keiner von beiden raus, sondern sie standen auf einer Linie, jeder in seiner Tür, und wagten sich keinen Millimeter vor, das gab dann eine unentschlossene Mischwetterlage, mal Sonne, mal Wolken, ein bisschen Regen, mal eine Windböe, von allem etwas.

Wenn ich ehrlich bin, Tant Luissje und Onkel Frrranz waren mindestens so unzuverlässig wie „ett Barometer", aber wie bei so vielen Dingen habe ich mir gedacht: Man muss nur dran glauben. Und zum Ferienstart habe ich immer ein Kaugummi unter Tant Luissje gepappt, so dass sie dauerhaft im Freien stand, leider hielt das Wetter sich nur selten daran, und wenn Tant Luissje tagelang im Regen stand, tat sie mir dann schon auch sehr leid, und ich habe das Kaugummi Onkel Frrranz verpasst, dem gönnte ich den Regen von Herzen, von Herrrrrzen, iss klarrrr! Genau genommen brauchten wir übrigens weder „ett Barometer" noch „datt Wäer-Hüssje". Warum? Weil wir Oma hatten, die zuverlässigste Meteorologin, die es je in der Geschichte der Menschheit gegeben hat. Omas Prognose lautete: „Ett kött, wie ett kött!", und genau so kam es dann auch. Immer! Zu hundert Prozent.

Junggesellenabschied

Eine Hochzeit in der unmittelbaren Nachbarschaft, das war im vergleichsweise monotonen Eifeler Alltag ein herausragendes Ereignis, auch für uns Kinder. Weniger die Hochzeit selbst, die fand ja in der Kirche statt, und das Fest später im Haus des Bräutigams, beziehungsweise des frisch gebackenen Ehemanns, da hatte man ja nichts zu suchen, wenn man nicht zum engsten Familienkreis gehörte.

Aber am Tag vor der Hochzeit, oder auch ein paar Tage vorher, gab es so eine Art öffentlichen Junggesellenabschied für die ganze Nachbarschaft, und der fand draußen statt. Ich habe das erstmals bewusst und aktiv miterlebt mit vierzehn, na ja – bewusst ... wie man's nimmt, aber urteilen Sie selbst.

Es gab das übliche Baumstammsägen der Braut, und der Bräutigam musste eine Puppe wickeln, war ganz lustig, haute mich aber nicht so richtig vom Hocker, das kannte man ja zur Genüge, immer das gleiche Spiel, nichts Überraschendes.

Überraschend war das, was dann folgte, auch nicht, aber ich war beteiligt, das machte den Unterschied. Dann wurde nämlich Schnaps ausgeschenkt, kein Bier, nur Schnaps, Korn. Mindestens zehn Schwestern oder Kusinen der Brautleute liefen mit Kornflaschen und Gläschen, sogenannten „Dröppscher", durch die Menge, um immer wieder nachzuschenken. Nun muss ich zugeben: Mit vierzehn hatte ich noch nie im Leben ein einziges „Dröppsche" zu mir genommen, nicht mal heimlich, aber ich wollte mir natürlich keine Blöße geben, im Gegenteil, zeigen, dass ich ein Mann war, was sonst, schließlich wurde ich in sieben Monaten stolze fünfzehn. Schon der Geruch von so einem Korn ekelte mich richtig an, aber es half ja nichts, der heilige Michael war vom Atem des Drachen sicher auch nicht besonders angetan gewesen, da er aber wusste, was seine Aufgabe als Mann und Held war, ertrug er den Gestank und tötete das Vieh, allen Geschmacksnerven zum Trotz, ein Mann muss tun, was ein Mann tun muss!

Das erste „Dröppsche" kippte ich denn auch mit Todesverachtung in einem Zug runter. Als ich die Augen wieder öffnete, erkannte ich mit einem ziemlichen Erstaunen, welches ich aber zu unterdrücken versuchte, dass irgendeine geschmeidige Hand blitzschnell nachgefüllt haben musste. Ob die nachgießenden Erwachsenen es wirklich gut mit mir meinten, wovon ich damals ausging, da habe ich heute so meine Zweifel, ich glaube eher, dass sie sich einen Höllenspaß daraus machten, die Halbwüchsigen schön hackedicht abzufüllen. Zu beobachten, wie so ein Vierzehnjähriger nach kürzester Zeit anfing zu singen, zu lachen, zu lallen, zu torkeln und immer weiter „Dröppscher" zu kippen, und zwar genau in dieser Reihenfolge, später dann allerdings alles gleichzeitig, das war sicher eine Riesen-Gaudi, so eine Art hausgemachte „Verstehen Sie Spaß?"-Show: Ein Opfer, viele Schadenfreuer.

Ich weiß noch, dass mir irgendwann sehr plötzlich richtig speiübel wurde. Den Weg nach Hause muss ich wohl, weiß der Teufel wie, noch geschafft haben, ohne Navi, waren ja auch höchstens hundertfünfzig Meter, und die Treppe zu meinem Schlafzimmer bin ich sogar auch noch hoch gekommen, davon zeugte mein Mittagessen, Erbsensuppe, schön gleichmäßig verteilt auf alle neunzehn Stufen, was ich selbst aber nicht mehr bewusst sehenden Auges erlebt habe, meine Schwestern dagegen schon. Gott sei Dank war Mama so lieb, die Treppe vom Essen zu befreien, bevor Papa von der Vorhochzeitsnachbarschaftsfeier nach Hause gewankt kam, er dürfte in keinem viel besseren Zustand gewesen sein als ich, aber er hatte halt mehr Erfahrung, und die langte, um die Kloschüssel zu erreichen, das wusste ich von vielen ähnlichen Begebenheiten aus der Vergangenheit, an denen ich persönlich aber dröppschentechnisch nicht beteiligt gewesen war. Noch nicht.

Als ich aus dem Koma wieder erwachte, ging die Sonne auf, und es war Sonntag, fertig machen für die Frühmesse. In der Kirche stand ich unmittelbar neben der dritten Station des Kreuzwegs. Ich hatte immer wahnsinnig viel Respekt gehabt vor den Leiden Jesu, die mir aber in diesem Augenblick zum ersten Mal gar nicht mehr sooo schrecklich dramatisch vorkamen.

Es hat noch

Wenn Mama mal wieder ins Krankenhaus musste, weil die anstehende nächste Geburt sich zu verkomplizieren drohte und unsere Dorfhebamme, „datt Fiensche", eine Hausgeburt deshalb nicht verantworten wollte, machte Frau Schimmel so lange unseren Haushalt, unsere Nachbarin. Papa konnte das nicht und vor allem: Er wollte das nicht, er war schließlich ein Mann. Frau Schimmel war eine „Ostvertriebene", wie diese Zugewanderten von den Eingeborenen genannt wurden, oder auch „Flüchtlinge", das war gleichbedeutend. Wo die „Flüchtlinge" im Einzelnen genau her kamen, wussten die Dörfler nicht, interessierte sie auch nicht, sie waren aber erkennbar anders, vor allem hörbar anders. Nicht nur, dass sie kein Eifeler Platt verstehen, geschweige denn sprechen konnten, sie hatten auch eine Sprech-Melodie, die für uns wie von einem anderen Planeten klang, und ob es nun Russlanddeutsche waren oder Sachsen oder eventuell auch Rumänen, vollkommen egal, für uns kamen sie alle aus Schlesien, Schlesien stand für „irjendswo do onge uss emm Oste", und sie hatten auch Sprachwendungen, die in unseren Eifelohren geradezu exotisch klangen, und kochten Gerichte, die auf unseren Eifelzungen gar nicht willkommen waren. Tomatensuppe zum Beispiel, Frau Schimmels Lieblingsgericht war Tomatensuppe, nicht aus der Tüte, aus echten Tomaten. Ich stand mit Tomaten auf absolutem Kriegsfuß, Tomaten verabscheute ich total, und meine Geschwister auch, da waren wir uns alle ausnahmsweise mal sehr, sehr einig. Das wusste Mama natürlich, vermutlich mochte sie auch keine Tomaten, und Papa auch nicht. Es hat ja sicher auch seinen Grund, dass Tomaten in der freien Eifelnatur gar nicht wuchsen, viel zu kalt. Alles, was die Eifel zuließ, wurde im Garten angepflanzt: Kartoffeln, Möhren, Zwiebeln, Rhabarber, Bohnen, Salat, aber Tomaten nicht, Tomaten gehörten für uns in die gleiche Kategorie wie Kokosnüsse, Bananen, Apfelsinen oder Weintrauben, wachsen nicht in der Eifel. Bei Tomaten war es aber noch viel schlimmer: Sie wuchsen nicht in der Eifel – und: Sie schmeckten nicht in der Eifel, das war ja beispielsweise bei Weintrauben ganz anders oder bei Apfelsinen, auch bei Bananen, schmeckten super, man konnte aber leider keine Suppe draus machen, aus Tomaten schon.

Woher Frau Schimmel die Tomaten hatte, weiß ich nicht. Aus dem Konsum, denke ich, ging ja nicht anders, denn der Konsum war das einzige Geschäft am Ort, später noch Edeka, vielleicht gab's da Tomaten. Wir gingen nie zu Edeka, na ja, sagen wir selten, obwohl es näher lag, aber Sie wissen ja: Watt der Buer nett kennt ... genau! Und den Konsum kannten wir eben, vor allem Mama kannte den Konsum, in- und auswendig, wusste genau, was es da gab und wo welcher Artikel in welchem Regal lag oder stand, da war im Konsum seit der Eiszeit nichts umsortiert worden, null, Mama hätte ohne weiteres mit verbundenen Augen einkaufen gehen und mit dem Finger zielgenau auf jeden gewünschten Artikel zeigen können. Ich auch, wäre aber doof gewesen, weil man mit verbundenen Augen den Einkaufszettel nicht hätte lesen können. Änderte außerdem alles nichts daran, dass Frau Schimmel in ihrer Rolle als Gast-Mama gleich am ersten Tag Tomatensuppe kochte, einen ganzen, riesigen Kessel voll, wir waren schließlich eine Großfamilie, Frau Schimmel selbst hatte nur einen Sohn, wie das bei Schlesiern vermutlich üblich war. Wir wagten natürlich nicht, Frau Schimmel zu sagen, dass wir Tomatensuppe verabscheuten, so war der Eifeler nun mal erzogen, also saßen wir dann am Tisch vor unseren dampfenden Tellern, und schon der Duft der Tomatensuppe trieb mir die Tränen in die Augen und den Brechreiz in die Speiseröhre, und die blutrote Farbe verstärkte diese Reaktion nur noch, mir kam spontan die letzte Hausschlachtung unten bei uns auf der Wiese in den Sinn, als ich verbotenerweise durch die Gardine gespinkst hatte, ausgerechnet in dem Moment, als Günther, der Metzger, einen randvoll mit Schweineblut gefüllten Eimer wegtrug, wi-der-lich! Ich tauchte den Löffel in die Schweine-Tomaten-Suppe und nippte tatsächlich kurz daran. Abgrundtiefer, fieser Ekel wäre eine stark geschönte Beschreibung dessen, was ich empfand, das einzige, was mich ein wenig beruhigte, war, dass es meinen Geschwistern ganz offensichtlich genauso erging, geteiltes Leid ist halbes Leid oder genauer gesagt: Geteiltes Leid ist gezwölfteltes Leid. Wir waren zu dem Zeitpunkt erst zwölf Kinder, das dreizehnte stand kurz vor dem Schlüpfen, und an die letzten vier dachte damals noch niemand, außer Mama vielleicht, ob voller Vorfreude, das möchte ich mal dahingestellt sein lassen.

Frau Schimmel dachte womöglich, wir wären so erzogen, beim Essen eine gewisse vornehme Zurückhaltung an den Tag zu legen, da hätte sie uns mal erleben müssen, wenn es samstags nach der Salveandacht Mamas Erbsensuppe gab und dazu Brötchen mit Leber- oder Dauerwurst. Jeden Samstag kauften wir dreißig Brötchen, jedenfalls zum damaligen Zeitpunkt. Als das erste Kind, also mein Bruder, geboren wurde, die Familie mithin erst aus drei Mitgliedern bestand, waren es vermutlich noch keine dreißig Brötchen gewesen, was ich aber nicht beschwören kann, ich war ja noch nicht da.

Die Frage ist ja zudem, ob mein Bruder kurz nach seiner Geburt schon Brötchen aß, vermutlich schon, er konnte ja auch mit vier Monaten schon laufen, wurde uns anderen immer vorgehalten, und mit anderthalb Jahren betete er dir das komplette „Confiteor" absolut fehlerfrei runter.

Die Salveandacht war um achtzehn Uhr dreißig zu Ende, also um halb sieben, und die Brötchen waren um achtzehn Uhr fünfundvierzig zu Ende, also um viertel vor sieben, ratzeputz verkimmelt, weggefuttert, nichts mehr von übrig, kein einziger Krümel.

Aber an jenem besagten Tag, als Frau Schimmel begann, Mama für ein paar Tage zu ersetzen, war nicht Samstag, sondern Montag, und es gab Tomatensuppe, und kurz nachdem ich verwegenerweise an der rötlichen Scheußlichkeit genippt hatte, folgte jener ebenso kurze wie historische Satz aus dem Munde von Frau Schimmel, jener Satz, der mir und meinen Geschwistern noch heute grauslich in den Ohren scheppert, sobald irgendwo Tomaten ins Blickfeld geraten: „Es hat noch!" Was für einen komischen Umgang mit Sprache diese Schlesier pflegten! „Es hat noch!" Wir verstanden durchaus, was sie meinte, unsere Begeisterung für ihre Tomatensuppe konnte das aber in keinster Weise steigern, allein schon, weil gar nichts zum Steigern vorhanden war, und immer wieder, mit zunehmender Verzweiflung in der Stimme, beschwor uns Frau Schimmel: „Kinder! Es hat noch!" Wie gern hätte ich an dem Tag mir unserem Vater getauscht, der konnte nämlich leider nicht am Familienessen teilnehmen, weil er im Krankenhaus war, Mama besuchen.

Wir Kinder gaben uns wirklich die denkbar größte Mühe, und so hatte jeder von uns am Ende doch wenigstens einen

Teller Tomatensuppe runtergewürgt, aber das Tragische war: Es hatte noch! Noch immer! Und zwar nicht zu knapp! Und da Lebensmittel grundsätzlich nicht weggeworfen wurden, wussten wir natürlich, was das bedeutete. Anderentags hatte es schon wieder, und nach dem Essen immer noch.

Und als Mama schließlich mit dem Baby im Arm nach Hause kam, unserer nächsten Schwester, der elften, da kann ihr eigentlich nicht entgangen sein, dass wir mindestens fünf Kilo pro Person verloren hatten, aber sie schob das vermutlich auf unsere Nervosität in Erwartung des neuen Geschwisterchens, oder sie hat es in ihrer postnatalen Erschöpfung, vermengt mit den bangen Gedanken an die anstehende nächste Befruchtung, doch nicht gesehen. Frau Schimmel sowieso nicht, die hatte diesbezüglich Tomaten auf den Augen. Gott sei Dank kam Mama am Freitag zurück, und am Samstag waren sämtliche dreißig Brötchen diesmal schon um achtzehn Uhr fünfunddreißig restlos vernichtet, also um fünf nach halb sieben, und normalerweise machte Mama die Erbsensuppe am Sonntagmittag noch mal warm, und wer wollte, konnte noch einen Teller davon essen, als Vorspeise sozusagen, vor dem Sonntagsrinderbraten. Diesmal nicht! Ging nicht! Der Kessel war schon am Samstag um achtzehn Uhr vierzig, also um zwanzig vor sieben, aber so was von leer, ratzeputz blank, musste nicht mal gespült werden, so blank war der. Es hatte rein gar nichts mehr.

Ostern

Ostern ist ja für die katholische Kirche eigentlich wichtiger als Weihnachten, für mich als Eifelkind konnte Ostern aber an Weihnachten überhaupt nicht ran reichen. Es gab schon mal keine Geschenke, und trotzdem musste man die Paten besuchen, Patentante und Patenonkel, Jott unn Patt. Was soll das denn für ein Fest sein, an dem man bestraft wird und zum Ausgleich nicht mal ein Geschenk kriegt?! Da war Weihnachten doch ganz was anderes, oder Neujahr. An Neujahr musste man auch zu Jott und Patt, kriegte aber wenigstens noch dieses karrenradgroße Rosinenbrot, den „Platz", an Ostern kriegte man – ein Ei! Okay, zwei Eier, eins von Jott, eins von Patt, das war's dann aber auch schon. Ich meine: Für Jesus waren die Leiden doch an Ostern auch vorbei, er durfte sogar in den Himmel auffahren, ich musste zu Jott und Patt, zu Fuß, womöglich lag sogar noch Schnee. Meine Patentante, Tant Zöff, hatte zudem das Talent, die Ostereier so zu kochen, dass sie innen keinesfalls hart waren, sondern flüssig wie Eierlikör, und sie waren außen zwar schön bunt, aber die Farbe war meist noch total feucht und klebrig, so, als hätte das Ei eigentlich noch zwei Wochen trocknen müssen. Aber Gott sei Dank, beim Transport in der Manteltasche auf dem Heimweg erledigte sich das Problem recht schnell. Zu Hause wunderten sich hinterher nur alle, warum ich schon wieder ein weißes Ei ohne Farbe gekriegt hatte, wie im vergangenen Jahr und in dem davor auch. Was die anderen nicht wussten: Ich war der einzige mit einer österlich eingefärbten Manteltasche, das verriet ich ganz bewusst nicht, extra nicht, das war mein ganz persönliches Oster-Geheimnis.

Manchmal konnte ich allerdings, nach Hause zurückgekehrt, trotz des Besuchs zweier Paten nur ein Osterei vorweisen, das von Patt, dann nämlich, wenn ich unterwegs auf einer Eisplatte ausgeglitten und ausgerechnet auf die Manteltasche geknallt war, in der das Ei von Tant Zöff steckte, das Eierlikör-Ei. Ich habe den Mantel dann im Sommer ein paar Tage in die pralle Sonne gehängt und anschließend mit dem Hammer so lange auf die betroffene Tasche gekloppt, bis das Osterei beim Ausstülpen in tausend Einzelteilen auf den Boden bröselte, ein Rest blieb zwar im Stoff drin, aber das hatte sich im Laufe der Jahre als vorteilhaft erwiesen, das war so eine Art schalengehärtete Dotter-Farb-Imprägnierung fürs nächste Osterfest. Doof war nur, wenn ich aus dem Mantel rausgewachsen war und den gesamten, mühsamen Imprägnierungsprozess an dem neuen Designerstück wieder ganz von vorne starten musste, aber mit der Zeit hatte ich viel Routine darin, und Tant Zöff änderte zum Glück im Laufe der Jahre weder ihre Koch- noch ihre Färbetechnik, so dass sich eine Neu-Imprägnierung quasi von selbst ergab.

Ein weiterer gravierender Nachteil von Ostern: Es gab keinen geschmückten Tannenbaum, nicht mal eine Krippe, und die Osterlieder konnten mich, ehrlich gesagt, auch nicht gerade vom Hocker reißen. Des Weiteren: Keine Printen, kein Spekulatius, nicht mal Spritzgebäck, kein bisschen Lametta, und statt Sankt Martin, Adventszeit und Nikolaus war Fastenzeit angesagt, na vielen Dank! Da konnte auch das „Klümpchensglas" nicht mehr viel rausreißen, manche nannten es auch „Fastenglas", in dem während der gesamten Fastenzeit die Himbeerklümpchen gesammelt wurden, die man beim Bäcker kriegte, aber nicht essen durfte, weil ja eben Fastenzeit war, und am Ostersamstagmittag, wenn die Glocken vom Brei-Essen aus Rom zurückkamen, durfte man sich über das Glas hermachen, das war dann schon ein österliches Highlight, zugegeben, das aber nach spätestens einer halben Stunde gegessen war und einer dreitägigen Übelkeit Platz machte: Ein Pfund Bonbons in Kombination mit einigen Dutzend hart gekochter Eier, da hätte ich nicht mein Magen sein wollen – hätte ich damals vermutlich gedacht, wenn mir nicht viel zu schlecht gewesen wäre zum Denken.

Das Schlimmste im Vorfeld von Ostern war das Eierausblasen, man brauchte ja allerhand ausgeblasene Eier, die dann angemalt und in allen möglichen Oster-Mobiles oder österlichen Gestecken zusammen mit Moos und Kunst-Stroh verarbeitet wurden, und da sie ja wie unausgeblasen wirken sollten, das war ja der Gag dabei, piekste man mit einer Nadel zwei winzige Löcher ins Ei, eins oben, eins unten, und dann setzte man das Ei, meist an der spitzeren Seite, an den Mund und blies über einem Auffangschälchen in das winzige Löchlein, bis man puterrot anlief und einem der gesamte Schädel schier zu platzen drohte, deshalb haben fast alle Eifeler aus dieser Generation heute noch einen mittelschweren „Basedow", also mehr oder minder stark hervorstehende Augen, Hirnschäden waren bei den meisten Eifelern Gott sei Dank nicht zu befürchten, ein Fisch kriegt ja auch keine Lungenentzündung.

Bis du so ein Ei ausgeblasen hattest, konnten schon ein paar Stunden vergehen. Meine Sache war das Eierausblasen überhaupt nicht, ich habe es mal probiert, aber nach einer Dreiviertelstunde entkräftet aufgegeben. Nachdem ich meine Augen halbwegs wieder in ihre Höhlen zurückgedrückt hatte, konnte ich erkennen, dass in dem Schälchen, wenn's hoch kam, gerade mal so viel wie eine Fingerkuppe flüssiges Eiweiß gelandet war, da war für mich klar, meine Zukunft lag nicht im Eierausblasen, und noch in dieser Sekunde habe ich meine diesbezügliche Karriere beendet, was ich mir leisten konnte, ich hatte ja genug Schwestern.

Nun aber zum schlimmsten Oster-Horror: Mit Ostern begann in der Eifel der Frühling, völlig unabhängig vom Wetter, das war das Spannende, das Wetter spielte absolut keine Rolle, wenn Ostern war, war auch Frühling, keine Diskussion! Ostersamstag war noch Winter, Ostersonntag war Frühling, zumindest bekleidungstechnisch, das war ein ungeschriebenes Gesetz in der Eifel, an das sich jeder strengstens hielt. Hieß im Klartext: Alle Kinder, aber auch die Erwachsenen, hatten in den Wochen vor Ostern ihre neue, luftige Sommerbekleidung erhalten, und das Hochamt am Ostersonntag war zugleich so eine Art Eifeler „Fashion Week", komprimiert auf anderthalb Stunden, das Kirchenschiff war der „Cat-Walk" für die neue Sommermode. Die Jungs erschienen in kurzen Hosen, Kniestrümpfen und kurzärmeligen Hemden, die Mädels in leichten Sommerkleidchen, dünnen Blüschen, schicken Halbschühchen, weißen Söckchen, die Frauen in hellen Flatterkleidchen, selbstverständlich ohne Strümpfe, dazu Sandaletten, Strickjacken waren ein „No Go", wir sagten damals allerdings statt „No-Go" noch „Könnt jaahr nett e die Tüüt!", das galt auch für Mäntel, selbst der leichteren Bauart, sogenannte „Poppeliehn-Mänktel", die blieben zu Hause im Schrank, es war schließlich Frühling. Die Männer hatten ja so was wie Mode nicht, manche leisteten sich aber einen neuen Anzug, weil der alte allzu speckig geworden war. Ich erinnere mich, es gab mal eine Saison, da war beim Männer-Anzug plötzlich ein leuchtendes Blau angesagt, nicht so ein vornehm gedecktes, nein, fast schon knallig, sah auf zwanzig Meter Entfernung rein farblich ein bisschen aus wie ein Arbeitsanzug aus blauem Leinen, „e bloohlinge Kamesoohl", mit dem man zum Beispiel den Stall ausmistete, aber eben mit Bügelfalte, das machte den Unterschied, dazu ein weißes Nyltesthemd, das war so ein bügelfreies Hemd aus hundert Prozent Nylon, eine absolute Revolution in Sachen Hemd, tropfnass aufhängen, trocknen lassen und sofort von der Leine weg anziehen, super Erfindung, einziger winziger Nachteil: Nach fünf Minuten Tragen schwitztest du in den Dingern wie ein Eisbär in der Sauna, unter den Achselhöhlen entstanden in Nullkommanichts derart ausgedehnte Schweißbiotope, da hättest du locker zwei Kaulquappenzuchten ansetzen können, und Nylon plus Schweiß, das ist bekanntlich eine ganz spezielle Kombination, nach allerspätestens zwanzig Minuten stankst du wie ein Iltis auf Brautschau, aber sonst: Prima Sache, so ein Nyltesthemd. Eine Krawatte mit fabrikseitig vorgefertigtem Knoten machte die Sache rund, die Krawatte wurde also nicht mehr gebunden, nein, am unlösbaren Knoten waren zwei kleine Häkchen, die man per Klickmechanismus am Kragen hinterm obersten Knopf fixierte, das war der absolut neueste Schrei, so, wie man heute „Klick-Schuhe" fürs Rennrad hat, hatte man damals die Klick-Krawatte fürs Hemd, toll, Nyltest-Hemd und Klick-Krawatte, ein „gelungenes Gesamt-Paket", wie das ja seit dem Sprach-Reformator Dieter Bohlen heißt. Ich muss nicht eigens erwähnen, dass auch beim Mann ein Mantel ab Ostern tabu war, deshalb lasse ich es auch.

Zu Ostern schien zwar, wenn der Herrgott es gut mit den Eifelern meinte, schon mal die Sonne, die drei Meter hohen Schneewälle am Straßenrand konnte die aber so schnell natürlich auch nicht wegschmelzen, zumal das Thermometer in manchen Jahren nachts auch zu dieser Zeit noch unter zwanzig Grad fiel. Minus! Gut, tagsüber, mit Unterstützung der bereits erstarkenden Sonnenkraft, konnte die Minus-Zehn-Linie nach oben schon mal durchstoßen werden, zugegeben. Die Kirche war übrigens schon deshalb nicht geheizt, weil es in der Kirche gar keine Heizung gab, wozu auch, „mrr kann ett och övverdrieve!"

Im Oster-Hochamt versuchte nun jeder, durch möglichst kräftiges Schmettern der Kirchenlieder den Körper auf eine gewisse Betriebstemperatur zu singen, was leider nur zu einem einzigen Resultat führte, nämlich dazu, dass einem die Ohren nicht nur vor Kälte abzufallen drohten, der Eifeler ist ja bekannt für sein beeindruckendes Talent beim Erzeugen von akustischen Dissonanzen der ganz besonders ausgeprägten Art. Wenn der Eifeler nicht gleichzeitig so außergewöhnlich bescheiden wäre, stünde er mit diesem Talent sicher längst im Guinness-Buch der Rekorde. Die Sache wird dadurch erst so richtig grausam, dass er, der Eifeler, gleichzeitig über ein recht musikalisches Gehör verfügt. Was der Schöpfer sich bei dieser Kombination gedacht hat, bleibt wohl auf ewig sein Geheimnis. Wärmetechnisch brachte das Singen dagegen rein gar nichts, selten dürfte es auf der Welt ein so extremes Auseinanderklaffen gegeben haben zwischen dem, was die Garderobe von Menschen signalisiert, und der von ihnen tatsächlich gefühlten Körper-Temperatur. Das Oster-Hochamt in der Eifel geriet so zum einem Härtetest der ganz speziellen Art, wer das überlebte, hätte auch jederzeit gesundheitsrisikofrei in der Badehose an einer Südsee-Expedition teilnehmen können. In der Kirche herrschte ein Zähneklappern, ein Bibbern und

Frieren wahrhaft biblischen Ausmaßes. Das einzige, was auf die freudige, strahlend leuchtende Osterbotschaft hindeutete, waren die geröteten Nasen, freilich ein trügerisches Zeichen.

Und nun ist es ja so, dass starkes körperliches Zittern beim Menschen die Darmwinde stark anregt, und das ist an Ostern nicht anders als an allen anderen Tagen des Jahres, und viele hatten ja vor dem Hochamt zum Oster-Frühstück schon jede Menge hart gekochter Eier verinnerlicht, dazu allerhand Schoko-Schnützereien und sonstigen Süßkram, drei, vier Stückchen von dem leckeren „Rodongkuchen" mit Zuckerguss und diesen köstlichen bunten Streuseln oben drauf, göttlich! Bei den Kindern kam der Inhalt des „Klümpchensglases" noch hinzu, und das alles führte in dieser einmaligen Festtags-Mischung nun in der Kirche zu einer ganz speziellen österlichen Atmosphäre. Onkel Heinrich hatte mich als kleinen Jungen mal mitgenommen, als er das Jauchefass auf der Wiese entleerte, mit so einem Sprühmechanismus hinten am Fass. Dieses eindrückliche Erlebnis kam mir im Oster-Hochamt Jahr für Jahr wieder in den Sinn, genauer gesagt in die Nase, und vorn am Altar standen zur Feier des Tages prächtigste Blumen in riesigen Vasen, Orchideen, Gladiolen und was weiß ich nicht noch alles für exotische Gewächse, irgendwo aus dem Treibhaus, war ja gar nicht anders möglich bei den Außentemperaturen, und in dem einem Jahr, ich sehe es wie ein abgespeichertes Video heute noch plastisch vor mir, knickten die Blumen plötzlich in ihren Stielen ein, die Blüten sanken in Zeitlupe nach unten, wie von Geisterhand bewegt, und im selben Augenblick erlebte ich, wie die Gemeinde kollektiv zu schweben begann, langsam, ganz langsam in ihren bunten Frühlingskleidern abhob und dem Herrn nach oben in den Himmel folgte, wobei merkwürdigerweise das Kirchendach keinerlei Hindernis darstellte, wir waren der Materie vollkommen entrückt, bunte Eier in psychedelischen Farben tanzten im langsamen Walzer vor meinen Augen und vermischten sich mit dem magischen Rot-Blau des Kirchenfensters hinter dem Altar, das just in diesem Moment von der österlichen Sonne durchflutet wurde. Einer der tiefsten und berührendsten Augenblicke meiner Kindheit. Wir in der Eifel brauchten weder Hasch, noch Kokain, auch kein LSD, um im ultimativen Rausch zu versinken, uns reichte das betörend österliche Luftgasgemisch im Kirchenschiff, eine äußerst effektive Biodroge, außerdem der klare Beweis dafür, dass der Eifeler seiner Zeit stets weit voraus ist. Als Helmut Kohl Jahrzehnte später sein berühmtes politisches Credo formulierte „Entscheidend ist, was hinten raus kommt!", da konnten wir in der Eifel nur müde lächeln, ein ganz alter Hut, oder wie wir damals in unserer spritzig-fluffigen Art sagten: „Asbach uralt!"

Allerdings: Spätestens, als am Ende der feierlichen Messe die riesigen Eingangsportale aufgerissen wurden und der eisige, „wracke" Westwind von Kalterherberg aus brutal in unsere Kirche hinein blies, war dann jäh Schluss mit Rausch, Himmelsflug und irren Farben.

Dennoch: Das Oster-Hochamt war Jahr für Jahr von Neuem ... wie sagt man heute: Gänsehaut pur.

Buer Lecithin flüssig

Der Eifeler hat von Hause aus einen unerschütterlichen Glauben an Autoritäten wie den Dorfpfarrer, den Papst oder auch den Vorsitzenden des Fußballvereins. Als ich geboren wurde, war Onkel Franz Vorsitzender des TV Höfen, da gehe ich mal von aus, ich kann mir jedenfalls überhaupt nicht vorstellen, dass vor ihm jemand anderer diesen Posten je gehabt haben könnte, Onkel Franz war einfach die Inkarnation des Sportvereinsvorsitzenden, „drr Boss" hieß er im Dorf, seit ich denken kann („Das kann ja so lange noch nicht sein!" wird jetzt sicher der eine oder andere denken, ich gönne Ihnen diesen Scherz.) Wahrscheinlich hat es vor Onkel Franz gar keinen Sportverein gegeben, und Turnvater Jahn war der erste große Plagiator der deutschen Geschichte, ein ganz klarer Fall von Ideenklau: Onkel Franz hat den Sportverein erfunden, und Turnvater Jahn hat sich dann die Meriten ans Revers geheftet, und weil es damals noch kein Internet gab, kein Plagipedia und nix, ist das auch nie rausgekommen.

„Drr Boss" war wirklich eine Granate von Vereinsvorsitzendem, wenn er zur Eröffnung des Kreisturnfestes seine Rede mit einem kernigen „Liebe Sporrrrrrtskamerrrrrraden!" eröffnete, erbebte das gesamte Rund, inklusive der mit Sägemehl akkurat gestreuten Markierungslinien, die die Schleuderballwerfer nicht übertreten durften. Alle machten sich zwar lustig über das sechsfach gerollte „R" von Onkel Franz, aber das ist ja immer so bei wirklich echten Autoritäten, über Konrad Adenauer machten sich auch alle lustig, wenn er aufgebrachten Tierschützern entgegenhielt: „Ne juuht jebratene Jans iss ne juuhte Jaabe Jottes!", aber sobald er irgendwo persönlich auftauchte, herrschte respektvolles Schweigen, und als „drr Boss" auf der Vereinssitzung leise aufkommende Kritik an seinem Führungsstil mit einer Rücktrittsdrohung konterte, die in dem Ausruf gipfelte „Da schmissen isch drr Krohm hänn!", verfehlte das erstens nicht seine Wirkung, zweitens wurde das im Dorf sofort zum geflügelten Wort, aber seiner Autorität als großem Vorsitzenden konnte das rein gar nichts anhaben, im Gegenteil, Hauptsache, er war im Gespräch und blieb es auch, Onkel Franz hatte damals schon die Mechanismen des anbrechenden Medien-Zeitalters voll durchschaut, ohne das selbst auch nur zu ahnen: „Bad news are good news!" – ohne Onkel Franz wüsste die Welt das heute noch nicht. „Drr Boss" war ein ganz Großer, kein Zweifel, eine Autorität eben, an die wir bedingungslos glaubten.

Aber auch technischen Neuerungen gegenüber war der Eifeler immer schon fast hörig, „ett Fernseh" ist ein zutreffendes Beispiel, was „im Fernseh" verkündet wurde, zählte fast mehr als die zehn Gebote, „ett Fernseh" war DIE Autorität schlechthin, da kam selbst Onkel Franz nicht mit, immerhin „drr Boss".

Bevor sich Papa und Mama vor „ett Fernseh" setzten, um die Tagesschau zu gucken, zogen sie sich erst mal anständig an, nicht unbedingt den Sonntagsanzug, aber doch ne saubere Hose, ein gebügeltes Hemd, noch mal flott kämmen, Mama strich den Rock ordentlich glatt, legte die Schürze ab, Bluse zurecht gezupft, raus aus den Schluppen, feste, möglichst frisch geputzte Schuhe an, zwei, drei Spritzer Odol in den Mund, erst Mama, dann Papa, schließlich wollte man Karl-Heinz Koepcke nicht seinen stinkigen Atem ins Gesicht blasen, das waren ja höchstens zwei Meter fünfzig vom Sofa bis zum Herrn Koepcke, was hätte der wohl für einen Eindruck gekriegt, wenn man da im stinkenden „bloohlinge Kamesoohl", also im verdrecksten Blaumann, „Jummi-Stevvele unn Manschässter-Kapp" die Tagesschau geguckt hätte, ganz davon abgesehen, dass Mama das gar nicht zugelassen hätte: „Zieh drr erst enns watt Jescheites an, du Värrke!", es ging schließlich auch um das Sofa, da lag zwar ne karierte Wolldecke in undefinierbaren Farben drauf, aber trotzdem.

Bei „Mainz, wie es singt und lacht" war die Kleiderordnung nicht so streng, da konnte man sogar ruhig das jecke Käppchen schon mal aufsetzen, und die rote Nase, sozusagen als Test für den „Flüchtlingsball" am Rosenmontag im Gasthaus „Zur Post", da kam man ohne Maskierung ja gar nicht rein, und Maskierung, das hieß für unseren Vater ne rote Nase und ein blaues Hütchen mit einem Durchmesser von höchstens zehn Zentimetern, mit einem Gummizug unterm Kinn zu befestigen, so leicht schräg, also richtig keck aufgesetzt, ein absolutes Highlight Eifeler Kostümierungskunst.

Zurück zum Thema „Autorität": Sehr verbreitet war damals der unerbittliche Glaube an die Wundermittel der Pharmabranche, „Buer Lecithin flüssig" zum Beispiel, der Name hat sich mir für den Rest meines Lebens ins Hirn eingebrannt, und der Geschmack auch. Jedes Kind kriegte täglich einen Esslöffel „Buer Lecithin flüssig", sollte den Organismus stärken und somit vor Erkrankungen schützen. Eigentlich war das nichts anderes als Lebertran, kostete aber mehr, also war es auch besser. Schmeckte und roch wie eine Mischung aus Schweißfuß, ranziger Butter und einem drei Tage alten Kuhfladen. Wenn Papa einen besonders witzigen Moment hatte, das kam seiner Meinung nach recht oft vor, dann sagte er: „Datt Zeusch riescht wie der rollende Furz auf der Gardinenstange!"

Diesen Spruch hatte er wohl beim Militär mal aufgefangen und hielt ihn seitdem für den absoluten Gipfel westeuropäischer Humor-Kultur. Das kann man so oder so sehen, fest steht: Den Duft- und Geschmacks-Charakter von „Buer Lecithin flüssig" traf er damit nahezu hundertprozentig, aber frei nach dem auch heute noch gültigen Prinzip „Je scheißer das Medikament schmeckt, um so größer seine Wirkung!" kippte man sich die Muff-Brühe mit Todesverachtung und der ausgeprägten Leidenschaft des Eifelers für Masochismen aller Art freudig erregt Tag für Tag hinter die Binde, schüttelte sich kurz und war stolz und glücklich, es wieder mal für einen Tag geschafft zu haben. Mir kamen dabei jedes Mal die letzten Worte des Herrn in den Sinn: „Es ist vollbracht!", die ich aber nicht aussprach, sondern nur dachte. Aussprechen wäre fahrlässig gewesen, dann hätte ich mir höchstwahrscheinlich gleich eine eingefangen, zur Strafe für praktizierte Blasphemie, und „Buer Lecithin flüssig" schlucken und anschließend auch noch eine getachelt kriegen, das war selbst für den leidensgestählten Eifeler Knaben einfach zu viel für täglich und ließ sich ja auch leicht vermeiden, merke: Sprechen ist dem Denken sein Feind – Verhaltens-Grundregel Nummer Eins eines Eifeler Kindes.

„Buer Lecithin flüssig" – damals habe ich mich gefragt, was diese komische Wort-Kombination eigentlich bedeuten sollte, aber keine Antwort gefunden, nicht mal den Begriff „flüssig" fand ich angemessen, wenn schon, dann „Buer Lecithin zähflüssig", aber mich hatte ja mal wieder niemand gefragt. Heute verstehe ich die Zusammenhänge: „Lecithin", ein Begriff den man aus der Nahrungsmittel- und Kosmetik-Industrie kennt, Lecithine gibt's zum Beispiel in Eidottern oder Sojabohnen, hab ich beim Herrn Google gelesen, und dann musste man ja noch irgendwelche Bauerntölpel finden, also „Buere", die beschränkt genug waren, Geld für diesen stinkigen Tran in Flaschen „flüssig" zu machen, und da war man in der Eifel genau an der richtigen Adresse, und wenn man die einzelnen Begriffe nun in der richtigen Reihenfolge zusammenstellt, ergibt sich, richtig: „Buer Lecithin flüssig", so einfach kann das Leben sein, wenn man Bescheid weiß.

Etwas ganz anderes als „Buer Lecithin flüssig", aber ihm in gewisser Weise doch auch wieder sehr ähnlich, war „Wick Vaporub". Sobald du auch nur ein bisschen zu husten anfingst, eilte Mama auch schon mit dem Döschen ans Bett, Deckel abgeschraubt, Schlafanzugjacke aufgeknöpft, Unterhemd hochgeschoben und dann die ganze Brust mit dem ätzenden, schmierigen Zeug eingerieben. Bei fortgeschrittenem Krankheitsbild wurde dann noch ein Watteteppich drauf gedrückt, bevor Unterhemd und Schlafanzugjacke wieder drüber kamen. Am anderen Tag hattest du eine feuerrote Brust, die brannte, als hätte dir jemand glühende Grillkohlen über den Körper gekippt, hier kam dann wieder jenes Prinzip zur Anwendung, das wir inzwischen ja schon kennen, in diesem Fall bietet sich allerdings eine leicht abgewandelte Formulierung an: „Je weher die Behandlung brennt, um so größer die Wirkung!" Ich habe mich übrigens so und so oft angeboten, meinen Schwestern im Fall des Falles die Brust mit „Wick Vaporub" einzureiben, aber aus mir bis heute nicht verständlichen Gründen hat Mama das immer abgelehnt, dabei wollte ich ihr nur Arbeit abnehmen, „wie de ett maachs, maachste'tt verkiejert!"

Und das Schlimmste war: Bei hartnäckigem Schnupfen schmierte Mama einem dieses Wick-Zeugs auch noch in die Nasenlöcher. Wenn man Glück hatte, passierte das kurz vor

„Fasteloovend", dann brauchte man sich um eine rote Nase jedenfalls schon mal nicht mehr zu kümmern, weil man nämlich schon eine hatte, und zwar eine, die echt nicht von Pappe war, und hinzu kam noch: Du warst nicht der einzige, der angesichts des nahenden Fasteloovends vor lauter Erwartung und Aufregung regelrecht brannte, deine Nase brannte noch viel mehr.

Die Waschküche

Die Waschküche war bei uns zu Hause ein Ort von zentraler Bedeutung, ich wage mal die Behauptung: Ohne Waschküche wäre das Leben einer Eifeler Familie gar nicht möglich gewesen. In der Waschküche stand natürlich die Waschmaschine, das ist ja klar, früher waren es der Wasch-Kessel oder verschiedene Wasch-Büttchen, nicht etwa aus Plastik, nein, aus Zink, wie die Badewanne. Unsere erste richtige Wasch-Maschine, die diesen Namen verdiente, wurde, wenn ich mich recht erinnere, Anfang der sechziger Jahre angeschafft, ein riesiger Kupferkessel, eingekleidet in einen Steinmantel, der aussah wie eine Hülle aus zusammengeklebten Kieselsteinen. Das ganze Gerät stand auf Holzbeinen. Ich möchte gar nicht wissen, wie schwer dieses Monster war, und erst recht nicht, wer das bei uns die neunzehn Treppenstufen hochgeastet hatte. vermutlich ist das erst in der Waschküche zusammengebaut worden, für mich die einzige Erklärung. Das Ding wurde, wie der Badeofen, von unten mit Holz und Kohle beheizt, und inmitten des Kupferkessels drehte eine hölzerne Krake unablässig ihre Runden, abwechselnd rechts und links rum und fabrizierte dabei ein äußerst monotones, weil sehr regelmäßiges Geräusch: Rodododododumm, Pause, rodododododododumm, Pause und immer so weiter, stundenlang, dazu dieser angenehme Duft von Persil, wenn das Wasser richtig zu kochen begann, eine ganz eigene Welt von seltsam betörender Magie. Ich hab mich oft neben die Waschmaschine gesetzt, mich mit dem Rücken an die Wand gelehnt und einfach vor mich hingeträumt. Mehrere Male bin ich dabei sogar eingeschlafen, war richtig schön, fast so schön wie an einem warmen Sommertag auf der Hühnerwiese liegen, den Wolken nachschauen, versuchen, ihre Formen zu deuten, oben die eleganten Schwalben lässig ihre Kreise ziehen sehen, während unten die Hühner unmittelbar neben einem zufrieden, weil satt und müde von der Hitze vor sich hin gackerten, scharrten und gurrten. Keine Frage: Ein Leben als Kind in der Eifel war sehr nah am Paradies, an manchen Tagen war es das Paradies, das Paradies auf der Hühnerwiese. Oder in der Waschküche. An manchen Tagen. Ab und zu erschien Mama, um Holz nachzulegen, im Ofen unter der Waschmaschine, und mit einem Holzpaddel in der Wäsche rumzurühren. Der Kessel war übrigens nicht etwa an die Wasserleitung angeschlossen, das kam erst später, nein, anfangs wurde das Wasser eimerweise rein gekippt. Wohl gab es unten einen Wasserhahn als Ablauf, die heiße Lauge wurde ja in mehreren Zink-Büttchen aufgefangen, konnte man prima nutzen, um die nächste Wäsche schon mal einzuweichen oder auch, um die Treppe zu putzen, ein klarer Fall von „Multi-Tasking", auch das eine Erfindung aus der Eifel, nur dass wir so was nicht „Multi-Tasking" nannten, sondern „Datt kasste noch bruche!" Die Multi-Verwendung geschah nicht unbedingt gleichzeitig, das gebe ich zu: Erst brauchte man die Lauge zum Wäschewaschen, später dann zum Einweichen, noch später zum Treppeputzen und so weiter. Heute steht ja beim „Multi-Tasking" das Prinzip der Gleichzeitigkeit im Vordergrund, vor allem bei Frauen: Telefonieren, fernsehen, lesen, tafelweise Schokolade verschnabulieren und Fußnägel lackieren, alles gleichzeitig. Das war damals nicht so, aber „multi" war es auch, durchaus, und „Tasking" ... na ja, ich muss eingestehen, darunter hätten wir seinerzeit in der Eifel ganz was anderes verstanden als heute. Nur mal als Beispiel: Dä Möstjaffels Fränz, der sammelte ja Tassen aller

Art, das war seine Leidenschaft. Bekloppt, könnte man sagen, sicher, sagten auch viele, war aber nun mal so. Dem Fränz konntest du keine größere Freude machen, als ihm ne Tasse zu schenken, mit Sprüchen drauf oder mit Blumenmustern, mit und ohne Goldrand, da hatte der in seiner Wohnung extra nen Riesen-Büffet-Schrank für reserviert, den er von seiner Oma geerbt hatte, der war von oben bis unten voll, nur mit Tassen, aus aller Welt, in allen Größen, in allen Farben und mit allen möglichen Designs, darunter waren sogar Tassen mit zwei Henkeln, und auch welche mit ohne Henkel, wie er oft genug stolz betonte, alles dabei, was du dir unter dem Begriff Tasse nur vorstellen konntest oder auch eben genau nicht, waren auch welche dabei, echt verrückt, dä Möstjaffels Fränz war praktisch der Tassen-König der Eifel, unser „Tass-King", und viele Tassen hatte er ja sowieso, also „multi". Dä Fränz ist bestimmt schon über zwanzig Jahre tot, aber beim Stichwort „Multi-Tass-King" sehe ich ihn heute ganz spontan immer noch vor mir, wie er mit strahlenden Augen die Tassen in seinem Büffet-Schrank eine nach der anderen mit viel Liebe und Sorgfalt abstaubte und wieder an ihren Platz zurückstellte.

Nach diesem kleinen Ausflug zum Multi-Tasking nun aber wieder zurück in die Waschküche. Neben der Waschmaschine stand die Wäscheschleuder, von Miele, unsere jedenfalls war von Miele, die meisten hatten damals Miele, andere Marken gab es ja kaum. Sah auf den ersten Blick recht harmlos aus, unsere Schleuder, aber wehe, wenn sie losgelassen! Die geriet beim Schleudern dermaßen außer Kontrolle und in Ekstase, randalierte wie ein wild gewordener Stier durch die Waschküche, dass man wirklich Angst kriegen konnte, da blieb oft als Katastrophenschutzmaßnahme nichts anderes übrig, als den Stecker entschlossen mit einem Ruck aus der Wand zu reißen, anders wäre das wütende Ding nicht mehr zu bändigen gewesen, aber immerhin, die Wäsche war hinterher ziemlich wasserfrei, im Gegensatz zur Waschküche, die war in der Regel überschwemmt, anschaulicher lässt sich das Gesetz von der Erhaltung der Masse kaum demonstrieren: Was in der Wäsche fehlte, stand nun auf dem Boden der Waschküche.

Die Waschküche hatte aber noch weitaus mehr zu bieten als Waschen, Schleudern und Überschwemmungen, sie war beispielsweise auch die Schuhputzzentrale unserer Familie. Zwei Eltern, am bitteren Ende siebzehn Kinder, da kam schon ordentlich was zusammen an Schuhen, und die wurden jeden Samstagnachmittag geputzt, eine Aufgabe für meinen Bruder und mich, unsere fünfzehn Schwestern kamen dafür selbstverständlich nicht in Frage, genauso wie sie auch selbstverständlich nicht in Frage kamen fürs Holzhacken, Brickettaufstapeln im Keller oder Gartenumgraben, nicht mal zum Kaffeemahlen wurden sie eingeteilt oder zum Brotschneiden, ich habe mich immer gefragt, wozu unsere Schwestern eigentlich diese Schürzen vorm Kleid trugen, in Bauchnabelhöhe an einem Knopf befestigt und hinten mit einer opulenten Schleife, manche auch noch mit einem Brustteil, so einer Art angenähtem Lätzchen mit breiter Kragenschlaufe für um den Kopf durchzustecken, das gab dem gesamten Ding zusätzlichen Halt am Hals. Logisch wäre ja gewesen, dass eine Schürze die darunter liegende Kleidung vor Schmutz bewahrt, wie wir das von Horst Lichter kennen, dieser Schnauzbartpeinlichkeit aus Kölle, aber wenn du konsequent kilometerweit von allen Schmutzquellen ferngehalten wirst, was soll die Schürze da noch schützen? Es gibt nur eine Erklärung: Die Schürze hatte den gleichen Status wie die Schleife im Haar, sie war ein Mode-Accessoire, wie man heute sagt, nichts als Zierrat, wie man damals sagte, „Nüühs äss Ziehroht! Firlefanz!", unter funktionalen Aspekten ein Schwachsinn in sich, obwohl: So ganz stimmt das auch nicht, denn die erste Aufgabe eines Mädchens in der Eifel bestand natürlich darin, geheiratet zu werden, und dazu musstest du weder Schuhe putzen können noch Holz hacken, du musstest adrett aussehen, das reichte, das Arbeiten kam dann nach der Hochzeit schon noch früh genug, wenn ER im Gasthof „Zur Post" Skat kloppte und Bier in sich rein kippte, während sie daheim zusehen konnte, wie sie mit der ständig wachsenden Schar von Blagen zurechtkam, die Wohnung sauber hielt und mit magerem Budget ein Essen auf den Tisch zauberte, das dem Herrn Gemahl zu Geschmack war.

Jedenfalls saßen wir zwei, mein Bruder und ich, dann stundenlang in der Waschküche auf dem Boden, unsere Schwestern und Mama guckten zwischendurch nur mal kurz rein, um weitere dreckige Schuhe auf den eh schon opulenten Haufen von ausgelatschten Tretern aller Art neben der Schleuder zu werfen, wir hatten mehrere Döschen Schuhcreme, Tuben gab's noch nicht, Döschen, Erdal, mit dem Frosch drauf, schwarz, braun und farblos, verschiedene Bürstchen mit dreieckiger Borstenfläche zum Einschmieren, größere Bürsten mit viereckiger Borstenfläche zum Blankputzen und jede Menge Lappen zum Polieren, das ging am besten mit Spucke, erst spuckte man auf den Schuh, dann rubbelte man mit dem Lappen hinterher, das machte den glänzendsten Effekt.

Nach vier Stunden waren die meisten Schuhe fertig, wir auch, und die Damen ließen sich auch wieder blicken, um ihre Schuhe einzusammeln, sich kurz entzückt darin zu spiegeln und wortlos wieder zu verschwinden, Arbeitsteilung in der Eifel. Warum Schuheputzen keine Arbeit für Mädchen war, ist mir, Heiratsmarkt hin, Heiratsmarkt her, bis heute ein Rätsel geblieben, vermutlich hat das mit der Entwicklung der Menschheit zu tun, mit der kulturellen Tradition oder auch mit den Genen, so ganz sicher bin ich mir nicht. Es ist auf jeden Fall ein Phänomen, das keinesfalls auf die Eifel beschränkt ist, oder haben Sie in einem alten Hollywood-Film schon mal eine Schuh-Putzer-in gesehen? Eben!

Und hier findet sich auch der eigentliche Auslöser für den sprichwörtlichen Kinderreichtum in der Eifel. Es gab Familien, die produzierten erst zwölf Mädchen, bis endlich der erste Junge kam, und bei dessen Geburt glänzte das Gesicht des Familienvaters fast so sehr wie wenige Jahre später die Schuhe der Familie, sobald der Knabe sitzen und eine Bürste halten konnte.

Nun waren mein Bruder und ich bei uns zu Hause die erstgeborenen Kinder, warum dann trotzdem unbedingt noch fünfzehn Schwestern folgen mussten, hat sich mir damals nicht erschlossen und tut es auch heute nicht. Wäre möglich, dass unser Vater Mitleid mit seinen zwei Söhnen hatte und immer wieder einen neuen Versuch startete, uns einen Schuhputzkollegen zur Entlastung zu zeugen. Hat leider nicht geklappt, dafür wuchs aber immerhin die Zahl der Schuhe kontinuierlich. Als kleine Entschädigung empfand ich den Erdal-Duft, da war ich schon ein bisschen süchtig nach. Gut, es war kein Sidolin und auch nicht vergleichbar mit der Weihrauch-Dröhnung, die dich als Messdiener einlullte, wenn du das Glück hattest, das Rauchfass schwenken zu dürfen, ich habe mal heimlich vor der Fronleichnamsprozession noch zwei

Schüppchen Weihrauch extra auf die Glut geschmissen, die Blumenteppiche auf der Straße, und erst recht die an den vier Altären, hatten anschließend aus meiner Perspektive Farben, die ich in meiner Messdiener-Laufbahn vorher nie erlebt hatte, da kam der Erdal-Rausch bei weitem nicht ran, aber ich würde ihn doch irgendwo zwischen Uhu und Pattex ansiedeln, jedenfalls fühlte ich mich nach dem Schuheputzen leicht angesäuselt, mehr war es nicht, half aber bei der Arbeit, ein bisschen.

Mit dem Waschen, Schleudern und Schuheputzen ist das bunte Treiben in der damaligen Eifeler Waschküche aber immer noch nicht hinreichend beschrieben, was noch fehlt, ist die spätsommerliche Gemüse- und Früchtebearbeitung, sprich: Bohnenkibbeln, Birnenschälen, Pflaumenentkernen, Stachelbeerbearbeitung, also Knueschelekibbeln und dergleichen Dinge mehr. Das einzige, was mir dabei Freude bereitete, war, dass zumindest die älteren Schwestern mitmachen mussten.

Der mit Abstand stupideste Job war das Bohnenkibbeln. Gegen Ende des Sommers kaufte Mama beim fliegenden Gemüsehändler kistenweise Bohnen. Die aus unserem Garten reichten bei weitem nicht, denn das Ziel war, für den strengen Eifelwinter zwischen September und Juni Hunderte, wenn nicht Tausende von Gläsern Bohnen einzukochen. Wahrscheinlich waren es nur dreißig, aber mir kam es beim Kibbeln vor, als müssten es Tausende sein.

Kurze Erläuterung für die des Kibbelns Unkundigen: Du nahmst jede einzelne Bohne in die Hand und schnittst mit dem Kartoffelmesser erst den Strunk an der einen Seite ab, dann den an der anderen Seite, dann warfst du die fertig gekibbelte Bohne in eine bereit stehende Schüssel. Was darin landete, war fertig zum Kochen, die abgekibbelten kleinen Strünke flogen auf den Boden oder in eine andere Schüssel, die kamen später zum Schweinefutter für unseren Nachbarn, genau wie die Kartoffelschalen. Manchmal mussten die Bohnen zudem in mundgerechte Drei-Zentimeter-Stückchen zerschnitten werden, manchmal blieben sie auch ganz, das hing von Mamas Anweisung ab.

Dicke Bohnen, auch Saubohnen genannt, aus der Schale pulen, fand ich weniger nervig, da brauchte man nicht mal ein Messer für. Das Blöde bei Bohnen aller Art war: Ich mochte sie selbst im gekochten Aggregatzustand später im Winter nicht so besonders, und zwar je länger der Winter dauerte um so weniger, aber roh konntest du mit Bohnen absolut überhaupt nichts anfangen, Brechbohnen konntest du roh genauso wenig essen wie dicke, auch wenn wir Eifeler grundsätzlich hartgesottene, aber zugleich leidenschaftliche Roh-Esser waren, ich hatte zum Beispiel im Sommer großen Spaß daran, eine Rhabarber-Stange rauszureißen oder abzubrechen, die Schale runterzuziehen und die dann roh zu essen, hatte was von Schlehen essen, das war ja die Königsdisziplin, der Härtetest auf allerhöchstem Level, dabei kamen mir zwar die Tränen, auch beim Rhabarberrohessen, aber hinterher fühlte man sich doch sehr gut, ein bisschen wie ein Ritter, der die Aufnahmeprüfung in die Runde von König Artus bestanden hatte, aber rohe Bohnen schmeckten nicht nur nicht, die trieben einem noch nicht mal die Tränen in die Augen, was ich aus mehreren Selbstversuchen genau wusste, wozu also?! Völlig sinnlos!

Beim Obst war das schon ein wenig anders, obwohl: Wenn du erst mal zwölf Birnen gegessen hattest, hielt sich die Gier auch in Grenzen, war aber gut für die Verdauung, wenigstens etwas.

Johannisbeeren, „Wimmere", wie wir sagten, zwischen Zeigefinger und Daumen von den Rispen ziehen und in eine Schüssel gleiten lassen, gehörte auch mit zu den Spätsommeraktivitäten in der Waschküche, eine Tätigkeit, die schon eher dem intellektuellen Profil der Mädchen entsprach – hatte ich ursprünglich mal gedacht. Die machten das aber in einem solchen Zeitlupentempo, dass man es als Junge einfach nicht mit ansehen konnte und es dann doch lieber selber machte. Später ist mir der Verdacht gekommen, dass meine Schwestern das genau so geplant haben könnten. Wenn das stimmt, hatten sie mein Verhalten, und das meines Bruders, wie die Sportreporter heute so klugscheißerisch sagen, „voll antizipiert", eine List der ganz raffinierten Art sozusagen. Waren sie also am Ende doch viel intelligenter als ich? Und zwar so überragend intelligent, dass sie sich so perfekt dumm stellen konnten, ohne dass ich es überhaupt auch nur ansatzweise mitkriegte? Weibliche Wesen können ja so sein, man kennt das aus dem Tierreich. Immerhin dürfen wir als Männchen der Gattung „homo sapiens" noch heilfroh sein, dass uns die Weibchen nicht auffressen, sobald sie haben, was sie von uns wollen, und dieses überaus gnädige Entgegenkommen lassen sie sich offenbar schon in jungen Jahren dadurch bezahlen, dass wir Männchen haufenweise Schuhe putzen, kistenweise Bohnen kibbeln und ohne Ende Johannisbeeren von den Rispen frisseln müssen.

Der Mensch ist das mit Abstand am höchsten entwickelte Säugetier, heißt es doch immer. Darüber muss ich aus meiner Sicht als Männchen, glaub ich, noch mal genauer nachdenken.

Theo, söng!

Es war so circa zwei Wochen vor Weihnachten, da kam nachmittags Onkel Helmut zu uns nach Hause, vermutlich hatte er irgendwas mit unseren Eltern zu besprechen, bei wem Oma in den nächsten vier Wochen untergebracht werden sollte zum Beispiel, darum ging es meistens, wenn Onkel Helmut kam. Wenn Tant Traud kam, die Frau von Onkel Helmut, ging es womöglich auch um Oma, aber erst in zweiter Linie. Tant Traud erschien grundsätzlich nur mit ihrem jüngsten Sohn, Theo, und um den ging es Tant Traud zu allererst, immer und überall, sie hatte sich nämlich in den Kopf gesetzt, Theo zu einem zweiten Enrico Caruso zu machen. Das Talent dazu hatte Theo auf jeden Fall, das wusste Tant Traud ganz genau, und was sie leider auch wusste: Wenn Theo ein zweiter Caruso werden sollte, dann musste er vor allem eins: Üben, üben und nochmals üben, am besten vor Publikum, damit er sich von klein auf an diese Situation gewöhnte. Theo konnte noch nicht mal richtig laufen, da schleppte sie ihn schon ständig überall hin mit. Wo Tant Traud auch auftauchte, hatte sie Theo auf dem Arm, und an der Stelle, wo andere Leute „Tach zusammen!" zu sagen pflegten, oder „Wie jeeht ett?", da hörte man aus dem Munde von Tant Traud grundsätzlich nur das keinen Widerspruch duldende, tanttraudmäßig geschnatterte Kommando „Theo, söng!" Und augenblicklich begann der holde Knabe zu tirilieren, was seine anfangs noch zarten Stimmbändchen hergaben, und Tant Traud stand breitbeinig daneben, und ihr knallrotes Gesicht, das Resultat von zweieinhalb Zentnern Lebendgewicht, der langen Treppe hoch bis zu unserer Wohnung und einem gerüttelten Maß Stolz auf ihren hochbegabten Sprössling, drohte schier zu platzen. Und als Theo größer wurde, wurden natürlich auch die Vorträge anspruchsvoller, vor allem lauter. Nur Tant Trauds Kommando blieb auf alle Zeit das nämliche: „Theo, söng!" Mit drei Jahren trug Theo bereits „Großer Gott, wir loben dich" mit sämtlichen Strophen vor, ich hatte den Eindruck, Tant Traud hatte sogar noch ein paar hinzugedichtet, wahlweise gab's auch „Maria durch ein' Dornwald ging" auf die Ohren der faszinierten Zuhörer, beim einwandfrei gekrähten „Kyrie-eleieieis!" sprangen Tant Traud fast die glühenden Augen aus dem Tomatengesicht.

Das Problem war: Tant Traud erschien manchmal dermaßen plötzlich und unverhofft, dass es kein Entrinnen mehr gab, und Ohropax gab es damals noch nicht, zumindest bei uns im Konsum nicht. Anders, wenn einer von uns, wir waren damals noch keine siebzehn Kinder, sieben vielleicht oder acht, wenn eins von den größeren Tant Traud draußen auf der Straße im Anmarsch erblickt hatte, dann gab es nur eins: Der- oder diejenige setzte sofort zu einem Sprint an, riss die Haustür auf und rief laut nach oben „Theo, söng!", und Sekunden später waren alle verschwunden, im Keller, auf dem Speicher, im Hühnerstall oder auf einem der drei Buchenbäume, das Ziel richtete sich nach dem jeweils kürzesten Fluchtweg. Papa war auch weg, und Mama hatte, wie so oft, die Arschkarte gezogen, diesmal die „Theo, söng!"-Arschkarte, was nicht ganz ungerecht war, denn Tant Traud war immerhin ihre jüngere Schwester, andererseits: Ich wollte für die Entwicklungsschäden meiner jüngeren Schwestern auch nicht verantwortlich gemacht werden, auf keinen Fall!

Theo ist übrigens später Organist geworden und hat eine Anstellung in einer Kirchengemeinde fernab der Eifel gefunden, wenn ich korrekt unterrichtet bin, so ganz hat es mit dem Enrico Caruso also wohl doch nicht geklappt. Ich lasse mir allerdings keine Folge von „Das Supertalent" entgehen, total wundern würde es mich jedenfalls nicht, wenn ich da eines Tages aus dem Off das geschnatterte Kommando „Theo, söng!" vernehmen würde, und schon schmettert ein schmächtiges Kerlchen im glockenhellen Tenor „Es ist ein Ros entsprungen" dermaßen enthemmt in den Saal, dass Dieter Bohlen vor Begeisterung „megamäßig voll krass" die Ohren abfallen.

Onkel Helmut, Tant Trauds Mann, wie gesagt, und mithin Theos Vater, war ein ganz vernünftiger, ruhiger, bescheidener, leiser Typ, kleingewachsen, fast zierlich, diese Paarkombination findet man sehr oft in der Eifeler Ehegemeinschaft, vermutlich suchen sich Frauen wie Tant Traud ganz gezielt solche schmächtigen Schluffis aus, weil sie an denen ihre brutale Sklavenhalter-Mentalität optimal ausleben können. Onkel Helmut gehorchte, gab keine Widerworte, schlug nicht zurück, schrie nicht – was wollte sie mehr?!

Onkel Helmut erschien also circa zwei Wochen vor Weihnachten bei uns, ein ungestümer Schneesturm fegte über die Eifel hinweg, kein Wetter zum Ski- oder Schlittenfahren, wir waren alle zu Hause, und Onkel Helmut erzählte uns Kindern mit geheimnisvoll leiser Stimme, er wäre eben noch in Kalterherberg gewesen und hätte doch da tatsächlich das Christkindchen persönlich auf einem Rentierschlitten durch die Luft sausen sehen, so in etwa zwanzig Metern Höhe, knapp über den Dächern, und als der Wind die Schneeflocken für einen kurzen Moment zur Seite geweht habe, habe er es haargenau gesehen, dann sei es aber auch schon wieder verschwunden gewesen, das Christkindchen, und lauter Glöckchen habe er vernommen, durch den brausenden Wind hindurch, er habe aber nicht genau ausmachen können, ob die Glöckchen am Schlitten befestigt gewesen seien oder an den vier Rentieren oder beides, und das Christkindchen habe gestrahlt, mit einem hellen Lichterkranz um den Kopf herum, und es sei tief in einem dicken, weißen Mantel eingemümmelt gewesen, mit Handschuhen und Kapuze aus dem gleichen Stoff, vermutlich ein Pelz, Eisbär oder so, das habe er aber so genau nicht erkennen können, weil ja alles so schnell gegangen und das Schneegestöber ja auch so dicht gewesen sei.

Ich war damals neun Jahre alt, für einen Eifeler Jungen heißt das, ich hatte immerhin schon die geistige Reife eines städtischen Vorschulkindes, und mich hat der Bericht von Onkel Helmut echt aus den Latschen gehauen. Das Christkind im Schlitten über Kalterherberg, das ließ mich in den vierzehn Tagen bis zum Heiligen Fest nicht mehr los, in jeder freien Minute stand ich am Küchenfenster, von da aus konnte man nämlich einwandfrei zwischen zwei Buchenbäumen hindurch nach Kalterherberg rübergucken, wenn nicht gerade wieder ein Schneesturm tobte, aber gerade dann konzentrierte ich mich ganz besonders, Onkel Helmut hatte das Christkindchen ja auch zwischen den Flocken gesehen. Wenn ich allzu müde wurde auf meinem Beobachtungsposten, zog ich mir einen Stuhl heran und hielt Kalterherberg aus dem Sitzen im Blick, obwohl die Rahmen des Doppelfensters meine Sicht dann ein wenig einschränkten. Einige Male bin ich auch eingenickt, und im Traum sah ich auf einmal glasklar den Christkindchensschlitten vor mir, eins der Rentiere zwinkerte mir sogar zu und schüttelte demonstrativ seinen Glöckchenkopf, und als das Christkindchen gerade in die Manteltasche griff, vermutlich, um mir einen langen Schweif glitzernder Sterne von Kalterherberg aus rüberzudrapieren, da haute mir meine Schwester Anneliese volle Kanne mit der Faust in die Seite: „Wach auf, du Penner! Tant Traud iss im Anmarsch!" Ich blickte sie, so unvermittelt aus meinem wunderbaren Traum gerissen, total verdattert und verständnislos an, wusste in dem Moment überhaupt nicht, was los war, stierte in Richtung Kalterherberg, sah meine Schwester noch durch die Schlafzimmertür huschen – und mit einem Mal wurde ich in voller Brutalität in die Wirklichkeit zurückgerufen, zurückgeschrien, zurückgeschnattert: „Theo, söng!"

Hochzeitsbrötchen

Bei den ganz Reichen und bei den ganz Armen dieser Erde dreht sich ja vieles ums Essen und Trinken, und der Eifeler gehört traditionell eindeutig zu einer der beiden Gruppen. Essen war in der streng katholischen Eifel immer schon etwas gleichsam Heiliges, deshalb wurde auch vor dem Essen gemeinsam am Tisch gebetet, und das Beten ging dann unmittelbar über ins Essen. Manche von uns hatten das so perfektioniert, dass man nicht mehr unterscheiden konnte, wo das Kreuzzeichen endete und wo der Griff zum Löffel und dessen Eintauchen in die Suppe begann. Als kleiner Junge habe ich immer gedacht, das Ehreseidemvater am Ende des Tischgebets sei so was wie der Anlauf zum ersten Löffel oder zur ersten Gabel, das war ja beim Schulsport nicht anders, beim Weitsprung, beim Hochsprung oder beim Schlagballweitwurf: Anlaufen, und dann ging's los.

Ohne Kreuzzeichen ging ja praktisch nichts in der Eifel, ein Allheilmittel in allen Lebenslagen, beim Essen sowieso, nicht nur am Tisch. Bevor ein Brot angeschnitten wurde, ritzte man mit dem Brotmesser ein angedeutetes Kreuzzeichen unten auf die flache Seite des Laibes, ein Symbol des Respekts vor der „juuhten Jaabe Jottes", wie Bundeskanzler Adenauer zu sagen pflegte, sollte einen aber auch schützen vor möglichen Verletzungen, man hatte schließlich ein besonders scharfes Messer in der Hand. Mama kriegte jedes Mal zu viel, wenn ich das Weißbrot an die Rippen drückte, um dann eine Schnitte nach der anderen runterzusäbeln, mit des Messers Schneide Richtung Brust. „Mach datt doch aufm Brettchen!" rief sie entsetzt, „ich kann datt nett senn! Ävver dä hörrt jo nett! Unn laacht och noch dobeij, dä Nelbeck!" Einen „Nelbeck" gibt es im Hochdeutschen gar nicht, das sollte, glaub ich, so was bedeuten wie „übermütiger, unverbesserlicher, aber im Grunde lieber Rotzlöffel", das war Mama aber entschieden zu lang, und deshalb sagte sie „Nelbeck". Schwarzbrotschneiden vor der Brust war übrigens noch gefährlicher, erstens war ein Schwarzbrot tausendmal härter als ein Weißbrot, fast wie Beton, und zweitens sollten die Schwarzbrotschnitten ja hauchdünn sein, nicht ganz so dünn wie Dauerwurstscheiben, aber auch nicht viel dicker, je dünner eine Schwarzbrotscheibe, umso leckerer schmeckte sie. Schwarzbrotschneiden, eine Kunst, das war was für den Profi, also für mich, ein Amateur wäre da schnell abgerutscht, und das Brotmesser war, wie gesagt, richtig scharf, „balbarisch scharf", wie Mama sagte, da wäre im Ernstfall ein Pullover oder ein dünnes Hemd kein wirkungsvoller Schutz gewesen, und weil das Schwarzbrotschneiden vor der Brust so überaus gefährlich war, machte man da vorher zwei geritzte Kreuzzeichen auf die flache Seite, je nach Härtegrad auch drei.

Und auch wenn man was im Auge hatte, war das Kreuzzeichen angesagt, ich meine jetzt kein Gerstenkorn, das ist ja AM Auge, genauer gesagt, am Augen-Lid, oben oder unten, das hieß bei uns auch nicht „Gerstenkorn", sondern „Iietzje", gab es auch auf der Zunge: „Datt öss e Iietzje! Bliev monne Vönger dovann! Söss wiejett datt märr noch schlömmer! Datt jeeht va sällever weer vorrt!" Trotzdem fummelte man natürlich daran rum, speziell in der Pubertät fühlte man sich durch so ein „Iietzje" schlimmer entstellt, als wenn man in die „Dreischmaschiehn" geraten wäre und beide Beine verloren hätte, was mir Gott sei Dank nicht ein einziges Mal passiert ist.

Wenn ich so ein „Iietzje" hatte oder, noch schlimmer, einen rotglänzenden Pickel auf der Nasenspitze, war ich der tiefen

Überzeugung, alle Mädchen würden unablässig auf mein „Iietzje" starren oder auf meine Nasenspitze und bei sich denken: „Sieht der hässlich aus mit seinem fiesen „Iietzje"! Iiiieh!" Von diesem Ausruf des Ekels „Iiiieh!" ist das Wort „Iietzje" auch abgeleitet, da bin ich ganz sicher, leuchtet ja auch ein! Oder die Mädchen dächten bei sich: „Ekelhaft, dieser Pickel auf seiner Nasenspitze! Als hätte er Hämorrhoiden im Gesicht! Bäääh!" Und es dauerte ja zu allem Übel auch noch gut und gerne vierzehn Tage, bis so ein entstellendes Ungetüm langsam, langsam aus dem Gesicht verschwand, und wenn man dran rum fummelte, drückte und quetschte, möglicherweise noch mit einer Nähnadel drin rum rührte, sogar vier Wochen und länger, da wusste man dann, dass Mama recht gehabt hatte, und welche Lehre zog man daraus? Richtig: Beim nächsten „Iietzje", beim nächsten Signalpickel auf der Nase, fummelte man wieder dran rum und wusste hinterher wieder, dass Mama recht gehabt hatte. In solchen Phasen meines Heranwachsens empfand ich viel, viel Sympathie und Solidarität mit den Leprakranken dieser Welt.

Heute sehe ich eigentlich so gut wie nie einen Menschen mit einem „Iietzje", mein Eindruck ist, dass das Leben in meiner Eifeljugend deutlich iietzjenreicher war als das der heutigen jungen Menschen, es war eben die „schlechte Zeit", auch in dieser Hinsicht, und es gab noch keine Abdeckstifte. Gab es sicher, aber nicht im Konsum, also gab es sie doch nicht.

Am schlimmsten war es mit einem „Iietzje" oder Monster-Pickel im Schulbus, vor allem, wenn nur noch der Vierersitz frei war und gegenüber zwei Mädchen saßen, mehr muss ich ja wohl nicht sagen, ich hatte jedenfalls während der gesamten Fahrt einen „Ballon rouge" hoch drei, und das spürte ich natürlich selber ganz genau, was es nur noch schlimmer machte, Schweißausbrüche inklusive. Ich kann an dieser Stelle allen klimakteriös geplagten Damen zum Trost versichern: Die Wechseljahre sind vermutlich ein Dreck gegen das „Ietzje" oder den Nasen-Pickel eines pubertierenden Eifelknaben und seine Folgen im Schulbusvierersitz bei zwei gegenüber sitzenden Mädchen, und wenn man in eins davon auch noch verliebt war, lebte man mitunter sehr nah am Suizid, Sterben kann schon eine Erlösung sein.

Viel weniger folgenreich im zwischengeschlechtlichen Miteinander mit und ohne Bus war dagegen ein Fremdkörper IM Auge, also unterm Lid, das störte nur kurzzeitig, weil man es leicht entfernen konnte, durch ein Kreuzzeichen natürlich – wodurch sonst?! Hatte Mama uns so beigebracht: Du ziehst beide Lider zugleich mit Daumen und Zeigefinger vorsichtig nach vorn und vollführst mit der geschlossenen Lider-Haut die Bewegung eines Kreuzzeichens, nach oben, nach unten, nach links, nach rechts, das Ganze mehrfach hintereinander, lässt dann wieder los, und der Fremdkörper ist weg, ganz allein durch die heilende Kraft des Kreuzzeichens, und ohne jede Angst vor dem Vierersitz im Bus.

Einmal im Jahr holten wir uns in der Kirche den Blasius-Segen, da machte der Pastor ja auch ein Kreuzzeichen zwischen den beiden Kerzen, die oben ein „U" bildeten und unten in einen Griff zusammengeflochten waren. Man kniete sich hin, der Pastor hielt einem die brennende Doppelkerze vors Gesicht, machte ein Kreuzzeichen ins „U", und du konntest sicher sein, dass dir ein Jahr lang keine einzige Fischgräte im Hals stecken blieb, das war ja der tiefere Sinn des Blasius-Segens. Ich habe mir jedes Jahr schön brav meinen Blasius-Segen abgeholt –

und was soll ich Ihnen sagen: Nicht ein einziges Mal ist mir eine Gräte im Hals stecken geblieben. Okay, ein bisschen lag es sicher auch daran, dass es bei uns nie Fisch gab. Trotzdem wäre ich nie im Leben auf die Idee gekommen, auf den Blasius-Segen zu verzichten, das wäre für mich ganz klar eine gefühlte Gotteslästerung gewesen, außerdem: Sicher ist sicher, man weiß es ja nie, die Wege des Herrn sind unerforschlich, „mrr weeß ett jo nie!" Es war beispielsweise nie vollkommen auszuschließen, dass man eines Tages entführt wurde, und der Entführer zwang einen, Fisch zu essen, und in dieser Situation ohne Blasius-Segen – na dann aber „Prost Mahlzeit!", da warst du aber ganz schnell ganz arm dran.

Und mit dem Stichwort „arm" finden wir elegant zurück in die anfängliche Spur dieses Textes. Jeden Samstag gab es bei uns zu Hause „Hochzeitsbrötchen", und das Hochzeitsbrötchen war eindeutig ein Resultat der Armut. Der Zusammenhang war der folgende: Ein komplettes Brötchen zu essen, galt in der Eifel als unanständig, so was machte man nicht, „datt deeht mrr nett!", das wusste jeder, hatte man in den Genen. Ein Brötchen war einfach viel zu kostbar, um es pur zu essen, nein, ein Brötchen wurde zunächst mit dem Brotmesser einmal durchgeschnitten, quer, horizontal, wie der Physiker sagt, parallel zur Kruste, übrigens ohne ein Kreuzzeichen in die Unterseite zu ritzen, eigentlich unlogisch, aber von Logik hielt der Eifeler grundsätzlich noch nie viel, und sobald das Brötchen geteilt war, wurde eine Hälfte mit Butter beschmiert, mit „guter Butter", wie man sagte, obwohl es „ungute Butter" gar nicht gab, eine weitere Unlogik des Eifelers, die uns nun aber absolut nicht mehr überrascht. Was man „ungute Butter" hätte nennen können, nannte man in Wirklichkeit „Margarine" oder auch „Sanella“ oder „Rama“, die gab es weder gut, noch ungut, aber es gab sie, nur nicht auf dem Brötchen, auf's Brötchen gehörte gute Butter, weil das Brötchen ja auch was „Gutes“ war, besser als eine einfache Schnitte Weißbrot oder Gemischbrot. Dann kam Leberwurst auf die Brötchenhälfte oder Dauerwurst, möglicherweise auch Fleischwurst, also Kinderwurst, je nachdem, und da drauf wurde nun eine Schnitte Schwarzbrot gepappt, nicht ohne auch diese vorher mit guter Butter gut einzustreichen, fertig war das Hochzeitsbrötchen. Warum hieß das Hochzeitsbrötchen „Hochzeitsbrötchen“? – eine Frage, die Kulturhistoriker immer wieder gestellt haben, ohne eine zufriedenstellende Antwort zu finden. Weil sie mich nicht gefragt haben. Ich gehe davon aus, dass das Hochzeitsbrötchen Hochzeitsbrötchen hieß, weil es in seiner Kombination an ein Hochzeitspaar erinnerte: Die zarte, knusprig-knackig-kurvige Braut ganz in hellem Weiß – und der simpel gebackene, zähe, flache Grobian in Schwarz an ihrer Seite. Ein Hochzeitsbrötchen – selten hat eine Bezeichnung den Kern der Sache so exakt getroffen.

Es gab übrigens auch die Variante „Rodongkuchen mit Schwarzbrot“, dafür gab es aber meines Wissens keinen speziellen Namen. Man nennt den Rodongkuchen ja heute eher „Marmorkuchen“, für uns war es ein Rodongkuchen, fertig. Es gab ihn ganz in Hell, mit und ohne Rosinen oder ganz in Dunkel, dann eher ohne Rosinen oder eben in Hell, gemischt mit Dunkel, das gab dann diese marmorisierte Struktur, Stichwort „Marmorkuchen“, hier waren Rosinen möglich, aber kein Muss, ohne fand ich besser. Der Rodongkuchen, egal in welcher Variante, war grundsätzlich staubtrocken, was sich aber schlagartig änderte, wenn Guss drauf war, also dieses gehärtete

Gemisch aus Staubzucker (wer vornehm sein wollte, sagte damals schon „Puderzucker") und Wasser, wie es auch aufs Spritzgebäck kam. Den Guss gab es „ohne alles", also weiß, oder mit einem Löffel Kakaopulver reingerührt, also braun, ich bevorzugte „ohne alles", am besten noch etwas Zuckerstreusel oben drüber, Schoko oder bunt, dann schmeckte der Rodongkuchen gleich doppelt so gut.

Wir hatten zwei Rodong-Formen, eine richtig große, außen braun, innen beige, und eine kleine, außen und innen ganz in Silber. Ich kann mich nicht erinnern, dass Mama die kleine auch nur einmal benutzt hätte, immer nur die große, und als schließlich alle siebzehn Kinder um den Tisch saßen, war die eigentlich auch viel zu klein, aber wenn alle „mit Schwarzbrot" aßen, reichte es, um Appetit auf mehr zu kriegen. Mehr gab es aber nicht. „Mit Schwarzbrot" bedeutete: Wie beim Hochzeitsbrötchen kam gute Butter auf das Stück Rodongkuchen und auf die Schwarzbrotschnitte, zusammengepappt, fertig. Hört sich vielleicht eklig an, schmeckt aber echt super, probieren Sie es ruhig mal aus.

Mama hatte endlos viele Kuchenformen, von denen die meisten aber nur selten zum Einsatz kamen, zumindest beim Kuchenbacken. Die runde, flache Form für um Böden zu backen, habe ich mir an Werktagen immer mal wieder stiebitzt, um auf der Hühnerwiese damit Diskuswerfen zu üben. War eigentlich deutlich zu groß im Durchmesser und auch zu leicht, aber besser als gar nichts, „besser äss nüühß!". Das Ding flog weniger wie ein Diskus, mehr wie sone Frisby-Scheibe, kannten wir aber noch nicht – Frisby, weshalb ich damals auch nie auf die Idee gekommen bin, dass die Boden-Form so flog, wie ein Frisby, tat sie aber trotzdem, und vor allem: Ich hatte auf der Hühnerwiese meinen Spaß mit dem Gerät, und nicht mal zu knapp. Mama durfte das natürlich nicht erfahren, hat sie auch nie gemerkt, glaub ich, schon weil sie die Form, wie gesagt, fast nie benutzte. Fast nie! Ich erinnere mich an einen Sonntagnachmittag, da hatte sie tatsächlich statt Rodongkuchen zwei Böden gebacken, mit Kirschen belegt und so einem Glibberguss drüber, den ich so gern mochte, göttlich! Und so ein belegter Boden hatte auch den großen Vorteil: Er wurde grundsätzlich ohne Schwarzbrot gegessen, bei Hochzeiten, aber auch sonst, immer ohne Schwarzbrot, also auch an jenem Sonntagnachmittag, und als meine kleine Schwester sich zu mir rüber lehnte und mir zuflüsterte: „Schmeckt dein Stück auch nach Hühnerkacke?", habe ich das natürlich weit von mir gewiesen, hatte aber doch irgendwie ein schlechtes Gewissen und hab der Kleinen dann zur Wiedergutmachung den Rest meines Stücks Kirschboden angeboten: „Hier, Knoof, kannste haben. Ich bin satt!" log ich, aber sie hat dankend abgelehnt. Das nenne ich Geschwisterliebe.

Lott se jewäerde

Es gibt ja im Wesen sehr unterschiedliche Kinder, die einen marschieren von klein auf einfach frech drauf los, haben keine Hemmungen bei nichts und machen sich auch groß keine Gedanken über Konsequenzen, andere sind von Anfang an zurückhaltend, denken zwanzig Mal nach, bevor sie irgendwas sagen, geschweige denn tun, und sind äußerst vorsichtig.

Ich war ein Kind der zweiten Kategorie. So habe ich, wenn ich auf dem Klo war, immer noch zwei, drei Minuten gewartet, bis die Klobrille wieder kalt war, denn ich wusste ganz genau: Wenn die Klobrille noch von mir warm war, und anschließend setzte sich ein Mädchen, bei noch von mir warmer Klobrille, da drauf, dann bestand die große Gefahr, dass das Mädchen schwanger wurde. Das hatte mir nie jemand erklärt, aber ich wusste es einfach, es gibt ja so Dinge, die weiß man einfach, man hat selbst keine Ahnung, woher oder von wem, aber man ist sich seiner Sache ganz sicher, und deshalb habe ich in diesem Punkt wirklich höllisch aufgepasst, und mein Bruder offenbar auch, denn in all den Jahren des Heranwachsens ist keine unserer fünfzehn Schwestern schwanger geworden. Und das war keinesfalls in allen Familien so, die Eifel ist ja berühmt für die verheerend große Zahl von Geschwisterkindern, um mal eine freundliche Formulierung zu wählen, und alles nur, weil irgendwelche Schussel ganz offenbar die Gesetzmäßigkeiten der warmen Klobrille außer Acht gelassen haben mussten, anders konnte ich mir das nicht erklären. Ob die Mädchen den Zusammenhang überhaupt kannten, ist zweifelhaft, wohl eher nicht, vermute ich, musste ja auch nicht sein, solange die Jungs ihrer Verantwortung gerecht wurden. Umgekehrt bestand übrigens keine Gefahr. Wenn die Klobrille noch warm war von einem Mädchen, konntest du dich als Junge getrost drauf setzen, schließlich kann ein Junge nicht schwanger werden, das wusste auch damals schon jedes Kind. Es gab im Dorf Jungs, wurde gemunkelt, die einen inneren Trieb verspürten, sich auf Klobrillen zu setzen, die von anderen Jungs noch warm waren, die nannte man deshalb hinter vorgehaltener Hand auch „warme Brüder", wenigstens konnten dabei aber eben keine Kinder entstehen, weshalb man sich denen gegenüber auch nach einer der wichtigsten Eifeler Grundregeln verhielt: „Lott se jewäerde!", eine Regel, die in allen möglichen Lebensbereichen Gültigkeit hatte, genaugenommen in allen, und wer dieses Prinzip fahrlässig verletzte, kriegte im Einzelfall böse, mitunter auch sehr schmerzhafte Bestrafungen zu spüren.

Ich erinnere mich, dass ich an einem heißen Sommerferientag in meiner kurzen, von Mama gerade erst frisch genähten Cord-Hose, einer wirklich tollen, vor allem sehr strapazierfähigen „Manschässter-Botz" in einem unauffälligen Lindgrün, bei unserem Nachbarn auf dem Brunnen saß, genauer gesagt auf dem kastenförmigen Häuschen über dem Brunnen. Das Ding war vielleicht zwei mal zwei Meter in der Grundfläche und etwa einen Meter hoch, aus Bruchsteinen gemauert und mit einer verschlagartigen Tür aus Holz vorne, die man öffnen musste, um an der circa sechs, sieben Meter langen, hölzernen Brunnenstange einen Eimer in die dunkle, kühle Tiefe hinabzulassen, dazu hatte die Brunnenstange am einen Ende einen metallenen Widerhaken, damit der Eimer nur ja sicher auch wieder zurückkam. Sobald man ein Platschen und Klatschen vernahm, schwenkte man die Brunnenstange ein paar Mal hin und her, und so wie man am Gewicht spürte, dass der Eimer

gefüllt war, zog man die Brunnenstange langsam wieder hoch, so hatte man selbst an den heißesten Tagen zu jeder Zeit erfrischend kühles, reines Brunnenwasser zur Verfügung, herrlich!

Und ich saß nun auf diesem Brunnenkasten, der Verschlag war geschlossen, ließ die nackten Beine baumeln und langweilte mich recht ausgiebig vor mich hin, zumal mein Freund Ferdi, den zu treffen ich eigentlich gekommen war, nicht erschien, weil er seiner Mutter bei irgendwas helfen musste, Bohnenkibbeln in der Waschküche, Bettlaken spannen oder was weiß ich, so was war es ja meistens.

Und in meiner schläfrigen, sich selbst unablässig vermehrenden Langeweile muss ich in der flirrenden Hitze wohl in einen Zustand geistiger Umnachtung weggeglitten sein, mir die Brunnenstange gegriffen und in einem Anfall extremst verstandesgetrübter Dämlichkeit angefangen haben, mit der Stange in einem Wespennest herumzurühren, das sich die munteren Tierchen etwa fünf Meter vom Brunnen entfernt im Stamm eines vor sich hin faulenden, gefällten Apfelbaumes eingerichtet hatten.

Ein Gutes hatte die Aktion: Meine Langeweile war binnen Bruchteilen von Sekunden komplett verflogen. Ich bedauere heute noch, dass es diese Handy-Kameras damals noch nicht gab, sonst hätte Ferdi, der justament im gleichen Augenblick aus dem Haus kam, das Event filmisch festhalten können, der Video-Mitschnitt meines Hundertmeter-Sprints bis zu uns nach Hause wäre garantiert heute noch der absolute Hit bei Youtube, deutlich vor dem Gangnam-Style, und meine damals erzielte Hundertmeterzeit war vermutlich ein Rekord für die Ewigkeit, aber es waren ja keine Zeitmesser da, sonst hätte Usain Bolt vor lauter Frust wohl eine andere Sportart gewählt, auch wenn ich zugeben muss: Genau genommen war es ja kein reiner Hundertmeter-Sprint, sondern eine Spezialdisziplin – Hundert-Meter-Lauf mit Wespenwolke, leider nicht olympisch, damals nicht, und wird es wohl auch nie werden, schade eigentlich.Mama hat das schreiende Jüppchen dann sofort in die Waschküche bugsiert, sämtliche Fenster aufgerissen und mit mehreren Handtüchern so lange auf mir und den Wespen rumgedroschen, bis die eigentlich unschuldigen Viecher entweder erschlagen waren oder die Flucht ergriffen hatten. Mama legte dabei eine Handtuch-Windmühlen-Performance hin, dass Don Quijote durch seine Rüstung hindurch erkennbar blass geworden wäre vor Neid, wenn er als Zeuge dieser Vertreibung der Wespen aus der Waschküche anwesend gewesen wäre, aber Don Quijote muss an dem Tag wohl anderweitig unterwegs gewesen sein. Festzuhalten bleibt: Einer Eifeler Mutter in Rage ist auch ein Schwarm wild gewordener Wespen nicht gewachsen.

Ich selbst sah dann für die nächsten Tage aus wie Sancho Pansa in seinen besten Zeiten, ich war ganzkörperlich angeschwollen auf etwa das Dreifache des vorherigen Volumens. Zur Kühlung schmierte Mama mich von oben bis unten mit Mackei ein, Quark, wie man heute sagt.

Für kurze Zeit brachte es tatsächlich Linderung, aber mit zunehmender Quark-Erwärmung ging es dann auch peu à peu wieder los mit Jüppchens Leiden, und wenn ich jetzt behaupten würde, das habe mich nicht gejuckt, wäre das zu hundert Prozent unzutreffend. Immerhin weiß ich seitdem, dass ich „süßes Blut“ habe, das kriegte ich dann in den nächsten Tagen nämlich tausend Mal zu hören: „Dä hatt söss Blott, dä Jong!“ Die Sache mit der Brunnenstange hatte ich wohlweislich für mich behalten, es gab ja keine Zeugen, Ferdi war nämlich erst Sekundenbruchteile nach meinem Blitzstart erschienen, aber jedes Mal, wenn wieder jemand mit dem Süßblut-Argument ankam, dachte ich bei mir: Von wegen! Es war nicht das Blut, ich war nur blöd.

Aber wie wir wissen, hat alles im Leben seine zwei Seiten, auch das negativste Erlebnis birgt einen positiven Aspekt, man muss ihn nur finden. An jenem Tag habe ich zum Beispiel die Lebensregel „Lott se jewäerde!" in ihrer wahren, allumfassenden Dimension erst so richtig begriffen, und auch sonst hat mich die damalige Erfahrung stärker geprägt, als mir lange Zeit bewusst war. Wenn heute jemand abfällig sagt: „Das iss doch alles Quark!", assoziiere ich über die Quark-Erinnerung sofort mein Brunnenstangen-Wespen-Event und denke bei mir: „Wenn du wüsstest!"

Und vielleicht erklärt sich aus jenem Ereignis auch meine fundamentale Abneigung gegenüber dem Gebäck namens „Bienenstich". Wenn ich mich ab und an schon mal mit ein paar Leuten im Café treffe, und alle anderen bestellen Bienenstich, befällt mich spontan ein kaum zu ertragendes Ganzkörper-Juckgefühl, und ich kann in dem Moment rein gar nichts dagegen unternehmen, dass ich explosionsartig auf das dreifache Körpervolumen anschwelle. Reine Einbildung, ich weiß es, aber das untrügliche Gefühl ist jedes Mal hundertprozentig da, eine gefühlte Schwellung, aber mir reicht sie.

Ich sage dennoch nichts Abfälliges über den Bienenstich, um Gottes willen, und über die Bienenstich-Besteller schon gar nicht, ich denke nicht mal was Abfälliges über sie, im Gegenteil, trotz meiner persönlichen Qualen zwinge ich mich zu dem einen Kerngedanken: „Lott se jewäerde!"

Und dass ich dazu fähig bin, gibt mir dann auch wieder ein sehr angenehmes Gefühl von Glück, innerer Ruhe und Zufriedenheit, so, als hätte ich einen tiefen Schluck genommen aus dem Brunnen der Erkenntnis.

Betttuchspannen

Das Spannbetttuch gilt als Errungenschaft der jüngeren Neuzeit, was aber nicht der Wahrheit entspricht, wir in der Eifel hatten immer schon Spannbetttücher. Mama nahm die Bettücher, wenn sie nach dem Waschen noch nicht ganz trocken waren, von der Wäscheleine, dann brauchte sie die riesigen Dinger fürs Bügeln nicht extra einzufeuchten, hat sie mir mal erklärt. Bevor es aber ans Bügeln ging, musste eins von uns Kindern antreten zum Spannen, meistens mein Bruder oder ich, weil wir die stärksten waren. Als die Mädchen dann größer wurden, schickte Mama die immer öfter mit ins Gefecht, während sie selbst in der Küche rumbruzzelte oder Fenster putzte oder den Herd mit Sidolin auf Hochglanz polierte, irgendwas hatte sie ja immer oben in der Wohnung zu tun, und die Betttücher hingen unten an der Wäscheleine auf der Hühnerwiese. Mir kam das alles sehr entgegen, Betttuchspannen mit Schwester, das war für mich eins der größten Vergnügen überhaupt. An der einen Seite stand eine meiner geliebten Schwestern und hielt ihre beiden Ecken des Betttuchs fest in den Händen, bei möglichst weit auseinander gestreckten Armen, und ich als Gegenspieler nahm die beiden Ecken auf der gegenüberliegenden Seite in die Hände, sodann wurde das Tuch zwischen den beiden Spannern ordentlich stramm gezogen, so stramm, dass unsere allerkleinste Schwester ohne weiteres hätte darauf Trampolin springen können, haben wir auch mal versucht, ist aber nicht besonders glücklich ausgegangen, weder für unsere allerkleinste Schwester, noch für uns, die beiden Spanner, Details möchte ich mir hier ersparen. Und nach dem ersten Strammziehen ging es dann hin und her, nach dem Ziehharmonikaprinzip:

Ruckzuckruckzuck ... ich zog den rechten Zipfel zu mir ran, so dass bei meiner Schwester der linke nach vorn gezerrt wurde, inklusive ihrer Hand natürlich, aus dem von Hause aus rechteckigen Laken wurde so kurzfristig ein Parallelogramm, anschließend entspannte ich die rechte Seite wieder, um links anzuziehen, und so ging das munter weiter, ruck und zuck und zuck und ruck, sicher an die zehn Mal. Sie hätte natürlich auch ziehen können, das ließ ich aber nicht zu, was zur Folge hatte, dass wir während des Spannens immer weiter in meine Richtung über die Hühnerwiese hin zum Maschendrahtzaun wanderten, was ich ganz lustig fand, sie nicht. Ich musste nur aufpassen, dass ich mit meinen kurzbehosten Beinen nicht in die Brennnesseln am Zaun geriet.

Nun wollte es das Schicksal, dass der Höhepunkt meiner Karriere als Betttuch-Spanner sich historisch genau deckte mit dem Aufkommen eines neuen Tanzes, der in Nullkommanichts nicht nur die Welt eroberte, sondern sogar die gesamte Eifel: Twist! Bei dem Stichwort habe ich es heute gleich wieder im Ohr: Chubby Checker! „Come on, let's twist again! Like we did last summer!" Yeah! Mit einem auf die Tanzbretter gewirbelten Twist warst du als Sechzehnjähriger auf dem Kirmesball der absolute King. Wenn Twist gespielt wurde, kamen die Walzer-Gruftis erst gar nicht auf die Tanzfläche, entsprechend viel Platz blieb uns Twist-Enthusiasten, ich konnte beim Twisten sogar so weit ins Hohlkreuz gehen, dabei die Hände im Rhythmus des Beats nach oben reckend, die in den Knien angewinkelten Beine in Grätschstellung, dass ich mit dem Rücken kurz den Boden berührte und dann wieder hoch kam, da warst du bei den Mädels der absolute Star. Bei zunehmendem Alkoholkonsum kam aber irgendwann unweigerlich der Moment, wo du jämmerlich wie ein Maikäfer auf dem Rücken liegen bliebst, und schon warst du bei den Mädels der peinliche Loser. Beim Twist war es halt nicht anders als sonst im Leben: „Cool" und „lächerlich" lagen sehr eng beieinander, wobei wir damals statt „cool" noch „klasse" sagten oder, wenn man den mentalen Großstädter geben wollte, „dufte". Und die Grundbewegung beim Twist, das war mir sofort aufgefallen, war genauso wie die beim Betttuchspannen: Beide Arme aus den Schultern abwechselnd ruckartig nach vorne schieben, beim Twist kam allerdings noch hinzu, dass man zusätzlich das Becken kreisen ließ. Das Beckenkreisenlassen war beim Betttuchspannen nicht unbedingt erforderlich, schadete aber auch nicht.

Das Twist-Training war aber nicht der einzige Grund, weshalb ich mich gern freiwillig zum Betttuchspannen meldete, hinzu kam noch der immense Spaßfaktor. Sie müssen sich das folgendermaßen vorstellen: Spätestens beim vierten Ziehharmonikaziehen riss ich dermaßen heftig und vor allem ruckartig an dem Laken, dass meine Schwester ihren Zipfel nicht mehr halten konnte, und was dann passierte, hat keiner besser auf den Punkt gebracht als der bekennende Eifel-Fan Johann Wolfgang von Goethe – in seiner berühmten Ballade „Der Betttuchspanner", die Sie natürlich alle kennen, ich zitiere deshalb hier nur noch einmal die entscheidende Schluss-Passage:

Das Laken spannt', das Laken rutscht',
da war's auch schon geschehn.
Halb zog er sie, halb sank sie hin
Und konnte nicht mehr stehn.
Es war ihr aus der Hand geflutscht,
nicht des Erfinders Sinn!

Der Knabe grinste wie ein Hirsch,
hätt' sich vor Lachen fast bepisst,
Sie fiel und heulte jämmerlich,
das Bettuch lag im Hühnermist.

Manchmal hatte ich aber auch Mitleid mit meiner Schwester und zog manierlich, eher sanft, wie es sich gehört, dann ging alles glatt, und wir konnten zum nächsten Schritt übergehen, zum Falten, das Bettuch wurde ja nach der Spannerei zwei Mal längs gefaltet, und zwar von beiden Falt-Partnern synchron zur selben Seite, das war sehr wichtig, sonst wäre es ja total „verhoddelt und verknüsselt" worden, und das war alles andere als im Sinne des Auftraggebers, also im Sinne von Mama. Zum Schluss ging das Gespann wie beim guten alten Square-Dance im Wilden Westen aufeinander zu, Sie merken schon: Das Betttuchspannen war ein variantenreiches Training für alle möglichen Tanzstile, das wird in den kulturgeschichtlichen Würdigungen viel zu wenig beachtet. Der Co-Spanner gab dem Teamchef, in diesem Falle mir, seine beiden Ecken in die Finger, ich faltete das inzwischen handliche Format noch einmal in der Mitte quer, und das Laken wäre schrankfertig gewesen, wenn es nicht noch hätte gebügelt werden müssen, und nach dem Bügeln, das grundsätzlich Mama übernahm, weil sie uns das nicht zutraute, wurde es meistens noch mal gespannt, dann aber in der Küche oder im Wohnzimmer, weil da mehr Platz war. Ich habe übrigens nie verstanden, warum Betttuchsynchronspannen nicht olympisch war, das um Lakenlängen langweiligere Synchron-Schwimmen aber doch.

Wenn Sie nun aus dem Geschilderten schließen sollten, dass es in der Eifel grundsätzlich hektisch und spannend zugegangen wäre, so liegen Sie völlig falsch, nein, es gab auch Phasen der reinen Kontemplation, Konfuzius hätte sich in der Eifel sicher sehr wohl gefühlt, da bin ich ganz sicher. Im Sommer bin ich samstags nach der Salve-Andacht, wenn der traditionelle Männer-Spaziergang, also von Papa, meinem Bruder und mir,